Prologo

Nei primi anni novanta, una particolare rivoluzione, veloce, incruenta, inaspettata e travolgente, aveva provocato la dissoluzione dell'Unione Sovietica. I singoli Stati che un tempo avevano costituito l'U.R.S.S. si erano dichiarati indipendenti e la Russia, fulcro del vecchio sistema, aveva scelto Eltsin come presidente.

Il nuovo corso iniziò con la creazione di una economia di mercato, si volevano riportare le merci nei negozi e si suppose che un mercato libero lo avrebbe permesso. Abbandonare però un'economia dove per settanta anni tutto era dipeso dallo Stato era un'esperienza nuova per tutti e per compiere il prima possibile l'intero processo, si decise di attuare la trasformazione senza alcun ammortizzatore. La vita di milioni di persone fu sconvolta: operai, impiegati e pensionati videro azzerati i propri risparmi ed il potere d'acquisto degli stipendi; aumentarono a dismisura i poveri e con loro, suicidi, malattie e alcolismo. Si creò, di conseguenza, un flusso migratorio verso i Paesi europei.

Funerali imperfetti

Irina Orlova era una bella ragazza, alta, bionda con gli occhi scuri, uno sguardo profondo e fiero, un portamento e un'eleganza innati che, oltre ad ammirazione, incutevano un certo rispetto e mai avrebbero fatto pensare ad una badante russa.

Veniva da Suzdal, una cittadina a circa duecento chilometri da Mosca, famosa per monasteri e chiese. La sua famiglia era stata una delle tantissime vittime del duo Eltsin - Gajdar e delle loro improvvisate riforme.

Irina, come tante sue connazionali in quel periodo, lasciò la Russia diretta verso l'Italia.

Arrivò a Napoli per caso, dopo aver trovato un biglietto su un volo charter che le era costato più o meno quanto un passaggio su un bus privato.

In città fu indirizzata, dal passaparola che normalmente si crea tra persone accomunate dalla condizione di "straniero" e solidali nel cercare di aiutare i nuovi arrivati, a casa dei signori Colli, una coppia di anziani con un figlio, Tommaso, già oltre i quaranta e non ancora sposato.

I Colli erano una famiglia agiata, casa di proprietà in città e villetta al mare. Abitavano in via Cimarosa, una bella strada alberata del Vomero, parallela alla più nota è caotica via Scarlatti. La strada era arricchita dall'ingresso principale su uno dei "polmoni verdi" della città: villa Floridiana, una dimora storica immersa in un grande parco, acquistata nel 1815 da Ferdinando IV di Borbone per la moglie Lucia

Migliaccio, duchessa di Floridia, e ribattezzata Floridiana proprio in suo onore.

Teresa aveva sempre badato alla casa, era la normalità per la sua generazione: matrimonio - casa - famiglia. Una vita volata senza affanni e senza particolari emozioni. Di carattere forte, imponeva in famiglia il suo punto di vista. Il marito Mario non ci badava tanto, la lasciava parlare e fare, Tommaso, crescendo ne aveva, invece, sentito l'influenza e così era venuto su troppo educato e troppo rispettoso verso l'altro sesso, era rimasto, ora oltre i quaranta, ancora in casa. Lavorava in banca, dove Mario, andando in pensione era riuscito a farlo assumere in un avvicendamento un tempo possibile e diffuso. Per un periodo una collega intraprendente lo aveva frequentato, ma come per le altre che c'erano state prima di lei, durò il tempo necessario per capire che la timidezza di Tommaso e il suo dipendere dalla madre, rappresentavano problemi il cui superamento avrebbe richiesto tempo e dedizione. L'operazione le sembrò troppo lunga e impegnativa e così volse le proprie attenzioni altrove. Mario era il capofamiglia, ordinato e metodico in misura irritante, con il pensionamento aveva perso ogni punto di riferimento: ufficio, orari, colleghi e clienti. I tanti propositi manifestati all'avvicinarsi della fine del lavoro: farò, andrò, vedrò, si erano risolti, dopo un iniziale periodo alla ricerca di interessi che non aveva mai avuto, in un vuoto crescente, nella monotonia di giornate trascorse tra quotidiani, cruciverba e tv. A distanza di poco più di un anno dal pensionamento, una mattina avvertì un senso di oppressione alla gola, chiamato d'urgenza, il dottor Martini, che abitava sullo stesso pianerottolo, diagnosticò un probabile attacco di angina e lo accompagnò immediatamente in ospedale. L'attacco era causato dall'occlusione di una coronaria, uno stent risolse il problema, ma aveva comunque avuto un infarto e questo fatto modificò la vita dei Colli: Mario prese la cosa con filosofia, Teresa ne fu spaventata e Tommaso che già da qualche tempo insisteva per una persona che aiutasse in casa, scontrandosi con l'irremovibilità della madre, questa volta la ebbe vinta.

Irina arrivò di martedì, un brutto segno per Teresa. "Né di Venere e né di Marte si dà principio ad arte" diceva sempre.

La accompagnò un'altra ragazza russa, meno giovane, che da qualche tempo lavorava in un appartamento dell'altra scala dello stabile. Il portiere l'aveva interpellata dopo aver saputo da Tommaso che erano alla ricerca di una badante per il padre.

Irina aveva un viso pulito ed uno sguardo schietto, fece una buona impressione a Mario e forse anche a Teresa, che però non lo diede a vedere. Conosceva solo poche parole di italiano, ma riuscì a capire e a farsi capire con riferimento a obblighi e paga. La sistemarono in una cameretta vicino allo studio originariamente destinata a stireria e successivamente trasformata in camera per gli ospiti in occasione della visita, avvenuta qualche anno prima, di una cugina di Teresa.

Sebbene Tommaso fosse stato informato telefonicamente, la sorpresa al ritorno a casa fu evidente dal rossore che gli comparve in volto quando incontrò Irina.

Passarono i primi giorni di ambientamento ed arrivarono ad un primo grado di organizzazione.

Al mattino Irina si alzava per prima, non che le fosse stato detto, ma la ragazza era mattiniera ed aveva osservato le abitudini di tutti, così, già il terzo giorno accese il fuoco sotto la macchinetta del caffè al rumore della sveglia di Tommaso, preparò un orzo quando Teresa uscì dalla camera da letto per andare in bagno e lasciò a riscaldare un pentolino d'acqua per il thè deteinato di Mario. Aveva anche già preparato la tavola con biscotti, marmellata e succo d'arance, come aveva visto fare a Teresa nei due giorni precedenti. Aspettava poi che Mario si vestisse per accompagnarlo nella sua passeggiata verso il giornalaio. Nel resto della mattina faceva compagnia a Mario mentre leggeva il giornale o aiutava Teresa nelle faccende domestiche, rimanendo però solo spettatrice nella preparazione del pranzo. Mario, da parte sua, prese l'abitudine di leggere qualche articolo ad alta voce spiegandole parole e situazioni che lei non afferrava.

Io e Mario Pedicini, detto Mariolone, eravamo diventati amici in seconda media, quando la nuova professoressa di italiano, la signora Massari, che sostituiva la Giaquinto, andata in pensione, decise di equilibrare il peso complessivo che ricadeva sul solaio sottostante al banco centrale di seconda fila, spostando me, fino a quel momento felice inquilino di quarta fila, al fianco di Pedicini. Io mingherlino e un po' bassino, in attesa dello sviluppo, come diceva mia madre, e lui grosso e robusto, tendente al rotondo, con perenni guance rosse e particolarmente lento nelle risposte. Non che fosse stupido, tutt'altro, solo che per qualsiasi cosa lui ci "doveva pensare". La sua fisicità lo preservava da facili prese in giro che il lavoro del padre gli avrebbe sicuramente procurato. Peppe Pedicini era, infatti, titolare dell'unica agenzia funebre di Foglianise, un paese di circa quattromila abitanti vicino Benevento, conosciuto per una caratteristica festa del grano e per i buoni vini del suo territorio.

Facemmo così, a stretto contatto, la seconda e la terza media e proseguimmo il sodalizio iscrivendoci, entrambi, al Liceo Nino Bixio di Benevento. Ci dividemmo, momentaneamente, al secondo anno di università quando Mariolone si rese conto che quella laurea in Economia dei mercati internazionali, visti i tempi di crisi, non sarebbe mai stata in grado di dargli un'alternativa al lavoro al quale era già destinato: sostituire il padre nell'agenzia funeraria.

Io continuai. Mio padre era impiegato comunale e mia madre faceva da factotum, part time, nella azienda vinicola La Volta, del dott. Paolo Capitelli, dovevo costruirmi un futuro. Sebbene le nostre strade professionali si divisero, continuai a vedermi con Mariolone, dapprima di sera al bar e poi, quando Peppe Pedicini si decise ad andare in pensione, lasciando tutto in mano al figlio, all'agenzia dove di pomeriggio andavo a studiare.

Facevo compagnia a Mariolone, gli davo una mano e contemporaneamente studiavo geografia economica, mercati finanziari, statistica. In effetti, in agenzia non c'era molto da fare. In paese, nelle annate "buone" morivano una quarantina di persone per cui l'organizzazione si limitava a circa tre funerali mensili più, se eravamo fortunati, un trasporto da altro comune di un emigrante deceduto. Imparai così a gestire le varie pratiche e nel frattempo mi laureai. Il periodo successivo fu per me molto travagliato, dovevo decidere se proseguire con i due anni di specializzazione oppure, ascoltare i consigli di tanti che ci erano passati e lasciar perdere, perché tre o cinque anni di università non portavano significative differenze in ambito lavorativo. Optai per la seconda soluzione, lasciai e cominciai a mandare un po' di curriculum in giro, prima dieci, poi cinquanta, poi molti altri ancora. Mi ero laureato con 110 e lode e speravo fosse un buon passepartout.

Mi chiamarono da un'agenzia di Roma per un posto di "consulente alla vendita" che indagando si rivelò essere un "porta a porta" e un paio di società di Milano per stage non retribuiti.

Seppur molto scettico, sicuro che era solo un modo per avere manodopera gratis, senza futuro, accettai per far contento mio padre. Lasciai il primo incarico dopo tre mesi, nei quali di economia non avevo visto nulla a parte il riutilizzo della carta delle fotocopie che non servivano più e provai in un'azienda più grande, che prevedeva almeno un rimborso spese di trecento Euro e l'uso della mensa. Restai i sei mesi concordati, imparando qualcosa e dedicandomi con accanimento. Ero, fortunatamente, ospite di un mio cugino di secondo grado, vigile urbano a Garbagnate, per cui non incidevo particolarmente sui miei. Dopo i sei mesi, molte belle parole e la proposta di rinnovo alle stesse condizioni. Me ne andai.

Tornai in paese senza troppi drammi, deciso a trovare una strada alternativa a quel sistema di ladri.

Mariolone mi accolse a braccia aperte e mentre mio padre cercava di convincere il sindaco per un impiego anche part time, noi ci organizzammo.

I guadagni delle pompe funebri non sarebbero bastati per tutti e due, ma usando l'ufficio come base avremmo potuto sviluppare qualcos'altro.

Il paese negli anni era stato interessato, come era capitato un po' ovunque, da una certa emigrazione, dapprima verso l'America del Sud e poi verso Germania e Australia; ora esistevano ancora dei legami con gli ex conterranei o con i loro figli e nipoti.

Si iniziava a commerciare attraverso internet, non era ancora molto diffuso e pochi si fidavano, ma negli Stati Uniti funzionava e le prospettive sembravano buone. Cominciammo, quindi, col creare un sito di commercio elettronico, lo chiamammo "La dormiente del Sannio", dalla figura che disegnano le colline intorno a Benevento e che è così cara ai sanniti. Sul sito promuovevamo la vendita di tutti i prodotti tipici delle nostre zone, aglianico, falanghina, mosto, formaggi e dei dolci tipici che un tempo erano fatti in campagna solo per i matrimoni: crostatine con marmellata d'uva e grandi taralli al naspro, particolarmente morbidi all'interno e buonissimi. Successivamente, ricordando una lezione di commercio internazionale, nella quale il professor Izzo aveva spiegato come alcuni commercianti napoletani avevano fatto affari d'oro importando dalla Cina a prezzi irrisori capi per corredo, facemmo scegliere a mia madre, a cui tutti riconoscevano

buon gusto, alcune lenzuola ricamate e coperte che mettemmo in catalogo senza specificarne la provenienza.
Nel frattempo avevo pregato tutti coloro che avevano parenti all'estero di pubblicizzare la nostra iniziativa.
Non fu con questo, comunque, che risolvemmo il nostro futuro.

Le giornate a casa dei Colli passavano in una tranquilla monotonia. Tutto seguiva una programmazione consolidata ideata da Teresa e ripetuta negli anni, dal menù con rotazione quindicinale alla gita pasquale nella casa al mare, fatta anche per controllare la proprietà prima della stagione estiva, per arrivare al soggiorno dal quindici luglio alla prima settimana di settembre nella casa di Ventotene. Teresa era particolarmente attaccata al "villino" che le era pervenuto come eredità da una sorella del padre morta senza eredi. La casa si trovava in via Calagrande, una stradina in salita che portava dalla piazza centrale alla parte alta dell'isola, parallela, per il tratto iniziale, alla più nota e movimentata, sempre in rapporto all'isola, via Roma. Erano, in effetti, due appartamenti, posti uno sull'altro, del tutto simili: ingresso, salone, cucina due bagni e due camere. Questo villino isolato, circondato da circa tremila metri di giardino, affacciava da un lato su una bellissima insenatura. I costi di manutenzione erano la prima voce di spesa nel bilancio della famiglia.
Come la vita di ogni giorno, anche il soggiorno a Ventotene aveva i suoi tempi. In passato la mattina scendevano in spiaggia, poi, andando avanti con l'età, le discese si erano diradate ed ormai, già da alcuni anni, rimanevano l' all'aperto, Mario a leggere e lei a lavorare a maglia. Solo Tommaso continuava ad andare al mare. Di sera erano ospiti fissi al ristorante "il Giardino", a pochi passi da casa grazie

all'ingresso sul retro in via Calagrande, mentre l'entrata principale era su via Roma. Giovanni, il proprietario, teneva per loro sempre lo stesso tavolo, il secondo a sinistra di fronte alla porta della cucina, perché a Mario piaceva guardare l'armeggiare ai fornelli. In genere non sceglievano i piatti, si affidavano alla signora Maria o alla figlia Anna, immancabilmente però Tommaso terminava con il famoso semifreddo al pistacchio di Bronte di cui era golosissimo.

Il primo anno che Irina era da loro, si aspettavano che la ragazza chiedesse di ritornare, in estate o in una delle feste comandate, al suo Paese, ma interpellata al riguardo da Teresa, rispose che non ci sarebbe andata, che non era il caso. I Colli aggiunsero, quindi, questa alle stranezze che già avevano notato: Irina non usufruiva quasi mai del suo pomeriggio libero, la prima volta chiese il permesso di rimanere nello studio a leggere e fece così anche nelle settimane successive; non aveva un telefono, non scriveva né riceveva posta, non frequentava le sue connazionali e solo raramente andava la domenica mattina a Piazza Quattro Giornate, dove arrivavano pulmini provenienti dall'Est con nuove persone, pacchi e notizie. Anche queste brevi uscite terminarono quando Tommaso, invogliato dai colleghi di ufficio che magnificavano la nuova tecnologia, acquistò un computer ed un collegamento internet e le diede il permesso di usarlo.

Era sempre semplice e cercava di non mettere in evidenza la sua bellezza, ma a Ventotene, in un costume di stile classico che le aveva regalato Teresa, fece un figurone, Tommaso era imbarazzato di scendere in spiaggia con lei e un acquarellista del posto la inserì in alcune sue vedute.

Il secondo anno a Ventotene, fece amicizia con Anna, la figlia del proprietario del ristorante che, sebbene fosse un po' più grande di lei, riuscì a farla sentire a proprio agio ed a farla in *qualche modo aprire. Non appena era libera, correva al ristorante, dava una mano ad Anna e chiacchierava con lei con una serenità che le mancava da troppo tempo. Rallentò un po' le uscite quando si rese conto che Tommaso, senza dire niente e senza alcun cambiamento esteriore, intimamente ne soffriva; cercò di coinvolgerlo in quella frequentazione ed in qualche misura ci riuscì, ottenendo da quelle chiacchierate a tre, in poche settimane, quella conoscenza reciproca che i mesi precedenti non avevano portato. Irina si affezionò alla timidezza di Tommaso, al suo disorientamento verso tutto quello che usciva dai binari della sua routine, ai suoi sentimenti gentili che gli facevano dare, senza rimpianto, precedenza sempre a tutto e a tutti. Tommaso a sua volta, scoprì in lei una guida più giovane della madre, meno austera e meno rigida, che cercava ed aveva sempre una spiegazione logica grazie a un buonsenso smisurato; non ebbe il coraggio di spingersi oltre pensando di non avere più l'età e di non essere assolutamente all'altezza, ma avrebbe veramente voluto.*

Tornati a Napoli, Irina continuò, telefonicamente, a sentirsi con Anna, e portò avanti quella amicizia negli anni successivi. Nell'inverno dell'anno seguente però cambiò qualcosa, Mario Colli, già da un po', non aveva più interesse alla vita, non aveva figli da sistemare o nipoti da crescere e neanche un cane da accudire, l'arrivo di Irina aveva dato una scossa alla monotonia della sua vita, ma alla lunga fece l'abitudine anche a lei e così chiusosi lentamente in sé stesso, morì serenamente.

I nostri affari avevano un trend positivo, ma un indice di crescita modesto, facevamo meglio del paese Italia, ma decisamente peggio di quelle che erano le nostre aspettative. C'erano state le elezioni e da qualche mese erano cambiati sindaco e giunta. Mio padre sperava sempre di inserirmi e ricominciò, con rinnovata lena, a pressare il nuovo primo cittadino.

Nel tentativo di dare una scossa alla nostra modesta economia aggiungemmo altri articoli al nostro commercio on line: olio d'oliva dop, nel settore degli alimentari e nel reparto "corredo", bavettine per neonati e coperte da culla ricamate. Avevamo trovato un accordo con il convento delle suore ausiliatrici, che insegnavano alle ragazze del paese l'arte del ricamo. I nuovi prodotti ebbero un buon impatto commerciale, diedero effettivamente una spinta al flusso di vendita e regalarono soddisfazioni tanto a noi quanto alle suore.

L'attività dell'agenzia mortuaria era difficilmente modificabile. Cominciammo, tuttavia, ad offrire a tutti quelli che non abitavano più in paese e che di tanto in tanto venivano a trovare i propri cari defunti, un servizio di pulizia delle lapidi e delle cappelle. Iniziammo chiedendo ottanta Euro all'anno per la manutenzione dei sepolcri a terra e duecentocinquanta per quella delle cappelle, contavamo di raggiungere cento adesioni ed aumentare i nostri incassi di circa diecimila Euro. Centrammo l'obiettivo nel corso del secondo anno e in seguito incrementammo ancora. Qualcuno ci chiedeva, in occasione di anniversari, compleanni o date particolari di mettere dei fiori, altri di far celebrare delle messe; qualcun altro ci interpellò per la vendita di proprietà ormai abbandonate, insomma, stavamo diventando, almeno per emigrati e discendenti, un punto di riferimento.

All'inizio del nostro quinto anno di attività, quando ormai in paese eravamo soprannominati "i fratelli funerali", successe la prima di tre cose che, seppur apparentemente lontane tra loro, ebbero insieme un'importanza fondamentale per la mia vita.

La cognata del sindaco, Giuseppina Di Maria, aveva, all'ingresso del paese, sul confine con la strada provinciale, un uliveto di vecchio impianto con un'estensione di circa settemila metri quadrati. Era una quota di una proprietà più ampia divisa quasi perfettamente a metà dall'esproprio intervenuto per la realizzazione della detta strada provinciale. La parte Nord era toccata in eredità a Giuseppina, mentre la parte sottostante, andata all'epoca al fratello, era stata da questi successivamente venduta.

A seguito della divisione, una vecchia stalla ormai inutilizzata da tempo e che una volta era centrale rispetto alla proprietà, si era trovata sul fronte strada, in una posizione scomoda per qualsiasi utilizzo. Più volte la proprietaria aveva provato ad ottenere una licenza edilizia per utilizzare la volumetria della vecchia stalla, se possibile anche ampliandola, per costruire sull'altro estremo della proprietà una casetta che avesse, a quel punto di fronte a sé, in un leggero pendio, tutto l'oliveto e più in lontananza il resto del paese. L'ufficio tecnico non aveva mai dato parere favorevole perché: il fondo era agricolo, lo spostamento non generava miglioria di coltivazione e soprattutto, la Signora Di Maria, non era coltivatrice diretta e non aveva diritto né necessità di una casa sul fondo.

Quell'anno, approfittando sia del nuovo Sindaco che dei contributi per la realizzazione di strutture ricettive, Giuseppina presentò l'ennesimo progetto di ampliamento e migliorie finalizzate alla realizzazione di un ampio bed and breakfast. Erano allora previsti incentivi, anche a fondo perduto, per la realizzazione di nuove strutture turistiche ed avendo le carte a posto e le giuste conoscenze era piuttosto semplice accedere al finanziamento. Come in tante cose, quando c'è la possibilità, chi può cerca di approfittarne. In questo modo si riusciva a costruire o ristrutturare una casa in campagna, ci si affiggeva una bella targa con su la scritta "bed and breakfast" e dopo quattro anni, tolta la targa, restava una proprietà ben sistemata. Nell'improbabile eventualità di qualche successivo controllo, bastava dire che non c'erano clienti, che il posto non aveva mercato, che si era dovuta cessare l'attività. Ebbene, questa volta Di Maria ebbe la licenza, il Sindaco il merito e mio padre, che lavorava all'ufficio tecnico, una lettera di assunzione dal primo luglio al 31 dicembre, eventualmente prorogabile, per me.

La scomparsa di Mario, che pure negli ultimi anni sembrava non avesse peso nella routine familiare, aveva, invece, profondamente cambiato le cose. Teresa, dopo una vita passata insieme, complementare a quella del marito, si ritrovò confusa ed impaurita di quel resto che aveva davanti. Perse tutta la sua sicurezza e si appoggiò completamente su coloro che le erano intorno. Tommaso, quando era in casa, era affettuoso e comprensivo come sempre, cercava anzi spesso di scuoterla chiedendole consigli e decisioni, ma oramai la madre non aveva più né la carica né la combattività di un tempo e l'unica risposta che era in grado di dare era: "Pensaci tu". D'altro canto Tommaso non aveva mai deciso niente, non aveva senso pratico, non era in grado di affrontare situazioni fuori dall'ordinario, aveva, però il buonsenso di riconoscerlo cosicché, come logica conseguenza, tutti e due lasciarono fare ad Irina. Il nuovo status della ragazza fu, di fatto, definitivamente sancito quando Tommaso, un pomeriggio di ritorno dal lavoro, consegnò alla ex badante del padre, ora badante di tutto, un bancomat, "Per le spese" disse, ma senza specificare limiti o regole.

I cambiamenti più immediati riguardarono il famoso menù quindicinale che fu rivisto ed alleggerito e l'abbigliamento di Tommaso. Irina eliminò un po' di maglie, di buona fattura e ancora indossabili, ma che lo invecchiavano certamente. Fece lo stesso con le camicie, con il basco marrone a quadri, la sciarpetta beige ed il trench alla Humphrey Bogart. Lo accompagnò a fare acquisti ed un sabato, arruolata la moglie del portiere per far compagnia a Teresa, si allontanarono fino alla Rinascente, in un altro quartiere. Erano gli inizi di aprile, la giornata era bella e la temperatura mite, Tommaso propose di andare a piedi, una passeggiata quasi tutta in discesa, su un percorso per molti non comune che partendo dalla piazza antistante il castello di San Martino portava giù, prima al Corso Vittorio Emanuele e poi in via Toledo, la loro destinazione. Tommaso era così pratico delle strade, dei palazzi e dei monumenti che incontravano che, per la prima volta, Irina lo vide sorprendentemente sicuro. Le uscite insieme si intensificarono, non solo per fare acquisti, ma anche per mangiare una pizza, un gelato, per andare al cinema o al teatro e tutto continuò amichevolmente fino alla domenica di Pasqua.

Erano, come da tradizione, a Ventotene, seguirono la funzione nella bella chiesa di Santa Candida e poi lasciarono Teresa in compagnia delle due suore adoratrici che vivevano nei locali adiacenti alla chiesa. Scesero, quindi, verso la spiaggia e tutto successe in un attimo. Irina inciampò, Tommaso la sostenne prendendole il braccio, poi la mano. Si trovarono più vicini che mai, Tommaso la guardò immobilizzato dai troppi pensieri che improvvisamente gli erano scoppiati in testa e Irina lo baciò.

Fu un bacio dolce, non di passione, ma Tommaso non poteva saperlo.

Il ritorno da Ventotene per Tommaso fu traumatico, non si riconosceva più nel ritmo ordinato della sua vita precedente, andare al lavoro gli diventava ogni giorno più pesante, avrebbe voluto rimanere a casa, guardare Irina, accarezzarla quando possibile, baciarla appena ce ne fosse stata l'occasione e soprattutto aspettare la notte, quando, nel più assoluto silenzio lei lo raggiungeva nel suo letto. Alla svogliatezza verso il lavoro si contrappose una nuova dinamicità, poca poltrona, niente più ascensore ma passeggiate e corsette approfittando, dopo tanti anni, del grande parco di Villa Floridiana. Aveva voglia di recuperare cose mai fatte ed anni mal spesi. I cambiamenti nelle abitudini, nel comportamento e nell'umore furono subito notati sia dalla madre, che non fece osservazioni, sia dai vicini, ma, soprattutto, furono notati dal portiere che cominciò a ricamarci sopra.

Un lunedì pomeriggio ricevemmo una mail di Mike Martini dall'Australia, si presentò come figlio di Mario, nipote di Cosimo e pronipote di Michele, che aveva lasciato molti anni fa il paese. Il nonno prima ed il padre poi, avevano un po' alla volta venduto le proprietà di famiglia e l'ultima appendice che li collegava a Foglianise era una vecchia cappella gentilizia che ora Mike ci chiedeva di vendere. Conoscevamo la cappella, come più o meno tutto quello che c'era nel cimitero, era in uno dei quattro angoli, quello di destra entrando, che delimitavano l'area cimiteriale originale. L'area era stata ampliata una ventina di anni prima ed ora il cimitero era diventato un grosso rettangolo posto all'ingresso Nord-Ovest del paese. L'ampliamento aveva prodotto anche un secondo ingresso, niente colonne né fregi, solo un cancello su un lato secondario, usato quasi esclusivamente dagli addetti ai lavori.
La cappella dei Martini non era chiusa, un chiodo messo nell'occhiello destinato ad un catenaccio, permetteva di tenere unite le due metà del cancello vetrato d'ingresso e contemporaneamente, faceva sì che chiunque volesse portare un fiore a quei morti ormai dimenticati, potesse farlo. Nella cappella c'erano dieci loculi divisi sulle due pareti laterali rispetto all'entrata, un altarino di fronte e una grande lapide sul pavimento con un ossario sottostante.
Fra un "mi pare" ed un "sentito dire" riuscimmo, con approssimazione, a conoscere qualcosa della storia dei Martini, una buona famiglia di proprietari terrieri il cui unico figlio ad un certo momento si invaghì di una giovane contadina. Contrastati e minacciati dalle famiglie i due

innamorati erano scappati per raggiungere un fratello di lei già emigrato in Australia.

Valutammo la cappella intorno ai dodicimila Euro, ne offrimmo cinquemila, chiudemmo a seimila.

Dopo circa un mese, terminate le pratiche burocratiche, avviammo una ristrutturazione, svuotammo i loculi riponendo i resti nell'ossuario sottostante, come ci aveva richiesto il venditore, cambiammo i marmi e ripulimmo un po' tutto. Vendemmo rapidamente quattro loculi rifacendoci così dell'esborso iniziale. I nostri altri commerci si mantenevano su livelli costanti, niente di eccezionale, ma ci permettevano di arrotondare le entrate e di stare tranquilli.

A fine maggio mia madre scivolò banalmente e si slogò la caviglia del piede sinistro, nessun dramma, ma mi chiese di sostituirla il sabato e la domenica successiva quando ci sarebbe stata la manifestazione Cantine Aperte e tutto il personale della Cantina Rivolta sarebbe stato in servizio per accogliere i visitatori.

Cantine Aperte si svolgeva due volte l'anno, era un modo di promuovere i prodotti del posto, i vini innanzitutto, ma anche olio, formaggi e insaccati. C'era sempre un buon afflusso di persone tra intenditori e semplici avventori. La maggior parte dei visitatori era di Napoli, ma arrivavano anche persone dall'estero.

Il dottor Capitelli, con buon intuito, aveva due anni prima preso accordo con un rinomato ristorante della zona e in un bel giardino di fianco alla cantina erano stati attrezzati tavoli per il pranzo ed un self service con cucina a vista e scelta tra due menù entrambi con prodotti del luogo e a prezzi contenuti. Fu un vero successo, anzi doppio perché oltre ai tanti coperti serviti, la maggior parte delle persone si era trattenuta nella cantina per molto più tempo del previsto, facendo più acquisti e soprattutto mancando la visita a qualche concorrente. La soddisfazione dei commensali si tramutò in una grande pubblicità per gli appuntamenti successivi.

Dovetti, necessariamente, dire di sì a mia madre, anche se la cosa non mi entusiasmava. Con Capitelli avevo un buon rapporto, era una persona sveglia e simpatica, con una conversazione brillante che abbracciava tutto, ma con il vino, elemento principale della festa, non mi ci trovavo.

Lo bevevo, ma il mio palato non mi consentiva di andare oltre un banale "mi piace" - "non mi piace"; non ero in grado di spiegare il perché delle mie valutazioni, non sapevo percepire gli odori, gli aromi particolari, il sentore di frutta che in molti invece avvertivano.

La morte di Teresa li colse impreparati. Semplicemente, una mattina non si alzò.

Nelle due settimane seguenti i pensieri si susseguivano veloci, in un turbinio che stimolava riflessioni e decisioni. Mentre fino ad allora Tommaso non aveva dato peso agli ammiccamenti ed ai sorrisetti del portiere, così come ai maliziosi commenti da parte di altri condomini, ora che con la scomparsa della madre, non si giustificava più la presenza di Irina, qualsiasi incontro e qualsiasi parola gli davano estremamente fastidio. Questo malessere andava ad aggiungersi a quello che ormai da mesi viveva sul posto di lavoro e così, quando Irina, interpretando il momento, disse "Lasciamo questo lavoro, questa casa, questo paese", capì che quella soluzione era già in lui e aderì, come tanti colleghi avevano già fatto, ad uno dei piani periodici di prepensionamento molto diffusi in quegli anni di frenesia economica. Le banche riuscivano, offrendo degli incentivi, a ridurre il personale in eccesso.

Il secondo passo fu la vendita della casa e fu ancora più semplice. Tommaso non fece in tempo ad accennarlo al portiere che l'architetto Biancone, condomino del secondo piano con una figlia prossima al matrimonio, gli telefonò ed in pochi giorni si accordarono per quasi ottocentomila Euro, arredi inclusi. Dopo qualche settimana lasciarono Napoli diretti a Ventotene per sgombrare la mente e pensare a ciò che sarebbe venuto.

Li incontrai per la prima volta sabato 6 giugno. Stavo mostrando ad un visitatore una bottiglia di grappa di aglianico prodotta dalla cantina, quando Giuseppe, un ragazzo in gamba, lavoratore part time addetto all'imbottigliamento e figlio di uno dei contadini della fattoria, mi fece un cenno con gli occhi indirizzando il mio sguardo su di lei. Pantaloni chiari, ballerine e maglia marrone scuro in perfetta sintonia con il colore degli occhi, bella, molto bella. Capii che era in compagnia solo quando girandosi, si fermò per aspettare un signore che sopraggiungeva. Lo prese sottobraccio e gli disse qualcosa, non si rassomigliavano ed esclusi fosse il padre, forse uno zio o il marito, anche se a prima vista mi sembrava inadeguato al ruolo. Lasciai la grappa e mi mossi velocemente per andare ad accoglierli.

Si presentarono come Irina e Tommaso Colli, napoletani, amanti della campagna e dei vigneti. Dovetti arrendermi all'evidenza, poche parole erano bastate a confermare e rafforzare la mia prima impressione di inadeguatezza e l'accento straniero di lei ed il modo in cui lui la guardava, in contemplazione continua, me li fecero classificare come amanti.

Li accompagnai nel giro della cantina, dando spiegazioni e dettagli ben oltre lo standard ed offrendo il meglio di me in disponibilità e simpatia.

Al ritorno dalla visita ai vigneti ci davamo del tu e davanti ad un piatto di formaggi, salame e pane contadino, mentre mi accingevo a raccontare della mia vita, partendo dalle pompe funebri, incrociai lo sguardo del dott. Capitelli. Dovetti alzarmi, presentarli e accomiatarmi per riprendere il mio lavoro. Dopo qualche minuto li vidi andare via.

Continuai a lungo a pensare a quei due, Tommaso sembrava una brava persona, curato nell'abbigliamento e moderato, quasi banale, nell'eloquio. Non mi sembrava neanche un miliardario, cosa che avrebbe giustificato la presenza di Irina. Lei, invece, semplice, sicura, elegante nei modi e nel portamento, intelligente nelle osservazioni con uno sguardo sincero ed un bellissimo sorriso. Pensai che non poteva essere un'amante interessata ad una sistemazione, doveva esserci qualcos'altro.

La piazza centrale di Foglianise è abbastanza grande da svolgervi il mercato settimanale. Da una parte ci sono la chiesa di Santa Maria e la strada che porta al Municipio e più su, al cimitero; su un lato c'è la filiale della BLPR, una banca sannita, di fronte un fioraio, una merceria e infine, all'angolo con via Mazzini, dove c'è la sede delle pompe funebri, il bar che in un eccesso di fantasia era stato chiamato "Centrale".

Martedì mattina avevo lasciato l'agenzia per un caffè ed ero seduto fuori in compagnia di Giovanni Mastrosette, un funzionario della banca, quando arrivò e parcheggiò in piazza una Mercedes C220, una macchina di circa dieci anni, ma tirata a lucido da sembrare nuova, dalla quale scesero i Colli. Mi avevano visto arrivando e salutandomi si diressero verso di me.

- Che piacere rivedervi, esordii.

- Piacere tutto nostro, ribatté Tommaso con espressione tipica napoletana.

- Sì, intervenne Irina, ci siamo lasciati così velocemente!

- Vi presento il mio amico, nonché funzionario della Banca del Lavoro e del Piccolo Risparmio che vedete lì di fronte, Giovanni Mastrosette.

- Molto lieto.

- Piacere, eravamo venuti appunto per la Banca, disse Tommaso.

- Siete nostri clienti?

- Non proprio, siamo qui per prelevare al Bancomat.

- Ma accomodatevi, prendete un caffè con noi, dissi loro.

La conversazione andò avanti per alcuni minuti, poi Giovanni si alzò per rientrare in ufficio, non prima di aver consigliato l'apertura di un conto, questa era l'unica possibilità per ritirare somme più ingenti rispetto ai duecentocinquanta Euro canonici del bancomat.

Poi Irina mi chiese dell'agenzia.

- Non sei al lavoro?

- L'agenzia è proprio qui dietro l'angolo – le dissi – e al momento è presidiata dal mio socio.

- Ci hai detto che ti occupi di altre cose, ma non abbiamo avuto modo di approfondire, forse ora non è il momento, avrai da fare, perché non passi da noi nel pomeriggio, così parliamo un po'?

- Molto volentieri, risposi.

- Sì, sì, vieni! Facciamo due chiacchiere – ribadì Tommaso –.

- Bene, allora a più tardi, dissi alzandomi e mi accomiatai.

Liberammo il tavolo, loro si diressero verso il bancomat ed io svoltai in via Mazzini.

Non combinai granché per il resto della giornata. Mariolone mi chiese più volte a chi stessi pensando, ma mi sforzai e rimasi in silenzio.

Poco dopo le cinque arrivai da loro, l'appartamento a piano terra e con ingresso indipendente, era parte di una villa abitata solo saltuariamente. Era composta, oltre al nucleo centrale al piano terra, da due appartamenti contrapposti, che i proprietari affittavano, tramite un'agenzia, recuperando così i costi di gestione di tutta la casa.

Irina l'aveva trovata dopo una lunga ricerca, consultando varie agenzie immobiliari di Benevento. Era una buona sistemazione, due camere, un soggiorno-cucina, un bagno ed un ampio giardino attrezzato, dove ci accomodammo dopo un rapido giro della casa.

Parlammo di me, dell'agenzia, del commercio on-line e del mio prossimo lavoro al Comune.

Chiesi loro della macchina, che sembrava così nuova e Tommaso mi spiegò che effettivamente l'auto era stata acquistata circa otto anni prima, ma, come tutte le auto che aveva avuto in precedenza, era stata usata pochissimo.

Per andare al lavoro, fino a quando ci era andato, aveva usato sempre la funicolare o un motorino; con l'auto usciva solo per fare rarissime passeggiate con i genitori e una o due volte l'anno, per andare da Napoli a Formia, lasciarla lì in garage ed imbarcarsi per Ventotene. Ora che aveva lasciato il lavoro, la stava usando più spesso, viaggiando con Irina.

Dopo questo preludio continuò, senza che io lo avessi sollecitato e con una schiettezza che mi sorprese, a parlare prima della sua vita da impiegato, la vita "precedente" come la definì e poi dell'arrivo della ragazza, delle sue capacità, della sua bontà e della fortuna che aveva avuto nel trovarla.

Irina cercò più volte di interrompere la serie infinita di

elogi, di considerazioni, di benedizioni, un fiume che era improvvisamente straripato, poi, non riuscendovi, ci lasciò per prendere qualcosa da bere.

Quando Tommaso tacque, restammo alcuni minuti in silenzio, lui evidentemente stanco di quella lunga tiritera, ma con un'espressione di soddisfazione in viso ed io un po' sorpreso, se non imbarazzato, da tanta confidenza.

Pensai che forse era da un po' di tempo che aveva bisogno di parlare con qualcuno, di condividere quella che definiva la "Fortuna che mi è capitata", di incontrare un viso amico, che, nonostante la nostra brevissima conoscenza, quel viso gli era parso potesse essere il mio. Mi complimentai con lui e contemporaneamente pensai che avrei continuato a guardare Irina, ma con più rispetto.

Il municipio di Foglianise era suddiviso in cinque settori: amministrazione, ragioneria, tecnico, demografico e attività produttive. Contava sei impiegati e un vigilante. Fu questa la breve presentazione che, mercoledì primo luglio, mi sentii fare dalla dottoressa Darletta, responsabile amministrativa, a cui mi aveva indirizzato il sindaco in quel primo giorno di lavoro. Fui affiancato inizialmente a Gennaro Botte, ai servizi demografici, prossimo al pensionamento ed in seguito, come mi disse la Darletta, avrei dovuto fare affiancamento anche con gli altri, in modo da diventare un "giovane jolly per tutte le evenienze". Il secondo giorno di lavoro Botte mi mollò subito lo sportello anagrafe: certificati, denunce di nascita e morte, dichiarazioni e atti notori. Lui, dopo avermi brevemente istruito, si ritirò nel suo ufficio per non meglio specificate altre pratiche, ma dichiarandosi pronto a supportarmi in caso di difficoltà.

Trascorsi così i miei primi dieci giorni e fui pronto per trasferirmi alla ragioneria, nel frattempo di pomeriggio ero in agenzia e la sera continuavo a vedermi con Irina e Tommaso.

Probabilmente ero stato per loro la migliore conoscenza del posto o forse, come a me erano piaciuti subito così era effettivamente stato anche per loro. I nostri incontri si intensificarono ed i nostri rapporti si diressero verso una sincera amicizia. Cenavamo spessissimo insieme, quasi sempre a casa loro, ma anche nel ristorante del Cacciatore, sulla strada di Ponte o da Mamma Assunta, un ristorante tipico di Benevento. In ogni conversazione, di qualsiasi argomento, la parte di primo attore era sempre di Irina. Aveva sempre un punto di vista più logico, frutto di una capacità di analisi superiore. Ci misi un po' prima di accettarlo, ma dovetti arrendermi all'evidenza.

Un sabato mattina mi raggiunsero in agenzia per un caffè e mi accompagnarono al convento, dove dovevo ritirare dei ricami da spedire. Irina fece subito amicizia con Madre Maria apprezzando i ricami e conducendo un'approfondita conversazione su punti e tecniche di lavoro, ma soprattutto, chiedendo qualche lezione di "sfilato siciliano", una cosa che mi parve di capire piuttosto difficile e rara. Facevano ormai parte del paese, loro conoscevano solo poche persone, ma tutti conoscevano loro.

Passò velocemente luglio ed iniziarono i preparativi per la festa di San Rocco ovvero la festa del grano. Sembra che nei primi anni del settecento, per ringraziare il Santo per un raccolto particolarmente abbondante, i contadini prepararono cesti e composizioni con gli steli di grano, portandoli poi in processione alla statua di San Rocco. La cosa, da allora, divenne una consuetudine.

Col tempo la realizzazione di immagini con l'intreccio degli steli si era trasformata in un'arte nella quale si cimentavano e si cimentano, entrando in competizione tra loro, numerose associazioni di cittadini che con le loro realizzazioni richiamano in paese, nella prima quindicina di agosto, moltissimo pubblico.

Irina e Tommaso si tuffarono con grande curiosità nello spirito della festa visitando i vari gruppi. Lei, affascinata dalla tecnica di lavorazione, chiedeva, provava, partecipava, mentre Tommaso scattava foto guardandosi in giro. L'entusiasmo raggiunse il culmine il quattordici agosto, alla vigilia della sfilata. Tutti i gruppi erano indaffarati per gli ultimi ritocchi, Irina che era diventata parte del gruppo della chiesa di Santa Maria, rimase lì praticamente tutta la giornata. Tommaso dopo essere stato un po' con lei, non riuscendo a rendersi utile e sentendosi anzi un po' d'impiccio venne a cercarmi.

Ero al Bar Centrale, chiacchierando della festa e facendo pronostici con gli altri e scommesse sul vincitore, vidi arrivare Tommaso da solo, cosa alquanto insolita e gli andai incontro.

- Irina è nel cortile del convento, indaffaratissima – disse –. È con gli altri, indaffarata nelle ultime cose. Hanno fatto una bellissima ricostruzione del Duomo di Benevento, vedrai. Ho capito che è simile ad un palio, i gruppi partecipanti sono come le contrade di Siena. Dovrebbe essere più pubblicizzato.

- Beh, viene già tanta gente – gli dissi –. Da qualche anno anche la televisione. Non i programmi principali, certo, ma Rai International sì. Vieni, ti offro un aperitivo.

- No, no grazie! Ho già un buco nello stomaco, vorrei mangiare qualcosa, ma non in tutta questa confusione.

- E allora andiamocene a Ponte, ci mangiamo una cosa in un posto tranquillo, l'Antica Locanda.
Andammo.

Presi una caprese, Tommaso, invece, ordinò agnello arrostito e un'insalata. Parlammo un po' della festa, del valore delle tradizioni, della sfilata dell'indomani e del concerto della sera, poi finimmo a parlare di Irina che, pur non presente, aleggiava tra di noi.
- Sai, è come se fossi stato chiuso per cinquant'anni in un involucro senza rendermene conto, un'esistenza piatta fatta di tanti confini, poi arriva questa donna ed io ho paura anche di guardarla per quanto è bella, per quanto è giovane, per quanto è intelligente e garbata, ed ecco, che, non so neanche come, me la trovo a fianco, incredibile.
- Sì, hai ragione, veramente una persona particolare.
- Scusa, finisco sempre per parlare di lei e... E di me, ma invece dimmi qualcosa di te, non hai una compagna, una fidanzata? Ti confesso che ne abbiamo parlato con Irina più volte, ci siamo chiesti come mai un ragazzo sveglio, simpatico e di bella presenza come te...
- Diciamo che ho avuto le mie esperienze e le mie delusioni. La più grossa è stata Stefania. Ne parlo ancora con amarezza ed è già passato un bel po' dall'ultima volta che ci siamo visti. Immagina all'inizio.
- E chi è?
- È la sorella di un mio amico, Arturo, più piccola di me di due anni. Ho frequentato casa sua da quando ero in prima media e fino al quinto liceo non le avevo mai prestato troppa attenzione. Per l'esame di maturità ci riunivamo per studiare una volta a casa mia, poi da Mariolone, da Carmela, un'altra cara amica, e da Arturo. Ed ecco che un pomeriggio, mentre leggevamo una poesia in inglese, si aprì una disputa

sulla corretta pronuncia di una parola e Arturo chiamò la sorella, che da anni frequentava la British School di Benevento. Stefania iniziò a leggere la poesia, una poesia d'amore, poi ad un tratto incrociò il mio sguardo, perse il filo, arrossì, lasciò tutto e se ne andò.

Ecco, la nostra storia era cominciata così. Due anni dopo lei fece l'esame di maturità e partimmo per una vacanza in Turchia. Tornammo decisi a sposarci subito, ma incontrammo il contrasto dei nostri genitori che con il loro volerci far riflettere sulla mancanza di una sistemazione economica adeguata e sull'assenza di fretta ci fecero passare l'entusiasmo e non se ne fece più niente. Allora lei si presentò ai test per accedere a Medicina a Roma e li superò. Una ragazza in gamba, a scuola era sempre la prima della classe.

- E poi? Mi chiese Tommaso.

- I primi anni andò tutto normalmente, ci sentivamo almeno una volta al giorno e ci vedevamo nel fine settimana, poi, non saprei dirti esattamente quando, ho cominciato a sentirla un po' diversa. Inizialmente l'avevo attribuito agli esami che diventavano sempre più complicati andando avanti negli studi, ma non era così. Dopo la laurea, quando cominciò ad andare in ospedale per la specializzazione, era sempre più impegnata, sempre più taciturna, fino a quando, una domenica pomeriggio, dopo uno schifo di weekend, l'accompagnai alla stazione di Benevento a prendere il treno per Roma e mi disse che per lei era finita, perché non ero più compatibile con il suo progetto di futuro. Tutto qua, mi disse proprio così! Non c'erano amore, sogni desideri, illusioni, speranze. No. Soltanto un "progetto di futuro".

Ci rimasi di stucco. Non le risposi e troppo ferito e troppo orgoglioso, non l'ho più sentita.

Rimanemmo in silenzio.

- Mi dispiace disse poi Tommaso, imbarazzato.
- E perché? Forse avevo voglia di parlarne, gli dissi.
- Bene, hai parlato anche di Roma e, sai, forse ci trasferiremo lì per un po'.
- Ma dai! Sapevo che sareste andati via, prima o poi e mi dispiace, ma passare da un paese piccolo alla città più grande d'Italia!
- No, non ci trasferiremo lì definitivamente, faremo solo un po' i turisti stando sul posto. Pensavamo di fare un salto in avanscoperta, alla ricerca di una sistemazione, in settembre, ma siamo comunque intenzionati a riprendere l'anno prossimo la casa qui, costa poco e ci troviamo bene.
Chiedemmo il conto e tornammo in paese.
La sfilata dei carri fu bellissima, Foglianise era piena di gente, persone dai paesi vicini e turisti che si sommavano a tutti gli emigrati tornati per San Rocco. Alla fine della manifestazione non incrociai Tommaso ed Irina e rientrai a casa, il giorno della festa mio padre ci teneva particolarmente che pranzassimo tutti insieme.
Nel tardo pomeriggio passai da Tommaso ed Irina.
- Mi dispiace che il tuo carro non abbia vinto! Le dissi.
- Sì, ma l'anno prossimo comincerò molto prima a lavorare col gruppo e vedrai! Mi rispose.
Le chiesi poi se saremmo andati insieme al concerto, ma mi disse che Tommaso non si sentiva bene e che sarebbero rimasti a casa.
- Ma vai! Vai almeno tu! Diceva Tommaso dall'altra stanza.
- No, preferisco farti compagnia, vedremo il concerto la prossima volta.
Entrai in camera da letto per salutare Tommaso, lui si sentiva stanco e insistette affinché portassi Irina con me, ma lei fu irremovibile. Me ne andai.

La festa si portò rapidamente via gli ultimi giorni di agosto. Consideravo quella come la vera fine dell'anno, forse un retaggio della scuola, ma ormai consolidato in me. Il primo settembre è il vero capodanno, perché quasi tutti ricominciano il lavoro dopo un bel periodo di vacanza, per molti anche di diverse settimane, già sapendo di dover aspettare poi altri undici mesi per delle nuove ferie. Così l'anno ha un senso. Gennaio invece è un capo d'anno che non ha senso.

Queste considerazioni erano spesso causa di discussioni con Mariolone che mi accusava di avere, volutamente, opinioni diverse dalla maggioranza delle persone.

La telefonata mi arrivò nel tardo pomeriggio.
-Vieni subito! Subito!
Era Irina, rimasi sorpreso dal tono, ma era evidente che c'era un qualche problema, uscii dall'agenzia, presi la macchina e andai.
Irina era sulla porta, occhi bagnati ed espressione stravolta, mi venne incontro di corsa e mi abbracciò piangendo: È morto!, morto!
Entrammo in casa e affranta mi portò in camera da letto. Tommaso era lì, a faccia in giù sul letto, indossava un accappatoio ancora umido, lo girai, occhi aperti pieni di sorpresa, viso tirato, non respirava e cominciava a raffreddarsi.
- Cosa è successo? Le chiesi
- Non lo so, non lo so! Piangeva e la abbracciai,
- Calmati adesso e raccontami tutto. Le dissi.
Tra un singhiozzo e l'altro riuscì a spiegarmi.
- Ero uscita un po' prima delle diciassette, avevo appuntamento al convento per il ricamo, prima di andare avevo fatto il caffè, glielo avevo portato, mi ha dato un bacio

e sono uscita. Al ritorno l'ho trovato così, l'ho scosso, ho pianto e poi ti ho chiamato. Perché, perché? Che devo fare?... Che farò?

Lacrime, lacrime e ancora lacrime.

Ero scosso anch'io, la portai in cucina, la feci sedere, feci scaldare un po' d'acqua e vi misi della camomilla in infusione.

- Scusa, sono agitato e non riesco a riflettere, fammi chiamare Mario.

Aspettammo l'arrivo di Mario in silenzio, ognuno immerso nei suoi pensieri.

Mariolone, che era il meno coinvolto emotivamente, prese subito in mano la situazione:

- Dobbiamo chiamare un medico, avvertire i parenti e decidere dove fare il funerale. Era malato?

Irina si scosse.

- Di cuore – disse –, diversi anni fa ha avuto un problema cardiaco, ma era sempre sotto controllo, prendeva le sue medicine e non eccedeva in niente.

- Parenti? Le chiese.

- Ha solo una zia anziana che vive a Torino.

- E tu? Le chiesi io.

- Vivo a casa sua da otto anni, inizialmente badavo ai genitori, poi quando è rimasto solo, non ha voluto che andassi via ed io non avevo dove andare... È sempre stato così gentile... Timido... Affettuoso.

E già di nuovo a piangere. La abbracciai.

- Era così contento, volevamo sposarci. Cosa farò? Si chiedeva ripetutamente tra le lacrime.

Guardai lei e poi Mario, avevo ritrovato la lucidità e il mio cervello ora cercava soluzioni.

- Irina, scusa ma devo farti qualche domanda, hai un contratto di lavoro?

- No. Mi rispose seccamente
- Quindi niente contributi e qual è il tuo stipendio?
Irina si scosse un po' ed alzò lo sguardo su di me.
- Nessuno stipendio, qualche anno fa Tommaso mi ha dato un bancomat.
- E quanto prelevi?
- Quello che serve per la casa e per noi.
- E per te? Non hai dei soldi tuoi, dei risparmi?
- Ci saremmo sposati, vivevamo insieme, eravamo soli, a che mi dovevano servire dei soldi miei?
Forse avevo esagerato con la razionalità, ma rimasi comunque perplesso ed ebbi l'impressione che anche Mario lo fosse.
- Mario vieni, sistemiamo Tommaso sul letto e tu Irina, cerca di rilassarti un po', bevi la camomilla, di là ci pensiamo noi.
Mario mi seguì.
- Guarda che situazione, è proprio il caso di dire: "Dalle stelle alle stalle" – gli dissi –. Irina aveva incontrato una persona a posto che le voleva bene e forse anche lei corrispondeva, o almeno, gli era affezionata... Vivevano insieme e francamente, mi sembravano felici, e poi... Aiutiamola!
- E come? Mi chiese Mario.
- Ma sì, aiutiamola, inventiamoci qualcosa. Capisci, lui è morto e non si torna indietro e quel poco o molto che aveva andrà alla vecchia zia, se è ancora viva, o allo Stato. E lei, l'unica felicità della sua vita, si ritroverà senza una lira, senza niente e se le andrà bene, tornerà a fare la badante.
- Si ma che possiamo fare? Mi chiese.
- Lo facciamo sparire. Risposi secco.
- Tu sei pazzo! Ma che dici?
- Non se ne accorge nessuno. Fidati. Risposi.

- Ma non capisci che non è un gioco? È roba da diritto penale, possiamo passare un guaio serio!
- Ok, mia l'idea e mie le responsabilità, ma ho bisogno di una mano, materialmente.
- E come vuoi fare? Mi chiese in preda a un leggero panico.
- Per ora dobbiamo farlo sparire, al resto poi penseremo... Scusa, penserò. Ora vado in agenzia, lascio la macchina e torno con il furgone e una bara, lo sistemiamo e lo portiamo via.
- Scusa e tanto vale che lo carichiamo in auto, no?
- No, poi sarebbe un problema scaricarlo, saremmo più esposti. Non ti preoccupare, vado e torno.
Tornammo nell'altra stanza e Irina era lì assorta, in poltrona. Sembrava in trance.
- Irina – le dissi – ora cerchiamo di aiutarti, io vado a prendere il furgone, tu resta qui con Mario.
Impiegai una ventina di minuti, buona parte per caricare la bara, uscii dal garage senza richiudere e svoltai in direzione opposta a quella di casa di Irina. Non era insolito l'uso del mezzo anche per spostamenti personali, ma un minimo di prudenza mi spinse da quel lato. Utilizzai quei pochi minuti anche per valutare il da farsi e riconsiderai i dubbi di Mariolone. In effetti aveva ragione: l'agenzia, il furgone, le attività erano sue o meglio, del padre e potevamo metterle a rischio. Dovevamo tenerlo fuori, se possibile. Dovevo pensare meglio anche al resto. Istintivamente avevo spinto per aiutare Irina, ma sarebbe servito a qualcosa far sparire il cadavere? Era necessario sapere se c'era un patrimonio, e capire se lei potesse poi effettivamente trarne vantaggio.
All'incrocio con la nazionale presi direzione Torrecuso e dopo poco ero alla villa. Parcheggiai sul retro, vicino alla finestra della camera da letto, lì il furgone non sarebbe stato visibile dalla strada.

Entrai. Mario ed Irina erano ancora nel salone.

- Irina, senti, voglio... Vorremmo aiutarti, ma abbiamo bisogno di capire se ne vale davvero la pena, se i rischi a cui andiamo incontro sono giustificati. Tommaso mi disse che era pensionato, ma non anche quale fosse il suo lavoro? So che abitavate a Napoli, ma non so dove sono le vostre cose... Il vostro guardaroba, i vostri documenti, le foto degli anni passati, i libri che avete letto? Insomma, non so dov'è il resto della vostra vita.

- Io ti ringrazio – disse Irina –, non so cosa vuoi fare, né cosa puoi fare, né perché lo vuoi fare, ma grazie, anche solo per averci pensato. Tommaso lavorava in banca. Ora ha... Aveva una pensione. Abbiamo lasciato la casa di Napoli per i troppi ricordi e per la troppa curiosità degli inquilini del palazzo ed il disagio che ci provocava. Io non ho mai avuto molto, lui ha portato le sue cose a Ventotene, dove ha una casa di famiglia e dove siamo stati prima di metterci un po' in giro e di fermarci qui in campagna. Pensavamo di vivere per un po' a Roma e trovare poi una sistemazione definitiva in una città più piccola, forse in Toscana, pensavamo...

- Tommaso ritirava la pensione nell'ufficio postale? Le chiesi.

- No, la riceveva sul conto corrente.

- E tu hai il bancomat di quel conto. Dissi.

Irina annuì.

- Bene, è già un punto di partenza. Mario vieni con me. Dissi.

Mario mi seguì in camera da letto.

- Hai ragione Mario, potrebbe essere una cosa pericolosa. Gli dissi.

- Lascia perdere, di cazzate insieme ne abbiamo fatte, faremo anche questa.

- No Mario qui potremmo mettere a rischio l'agenzia, tuo padre... Se qualcosa va storto devi denunciarmi subito, io dirò che ho approfittato della tua fiducia.

Mario si disse d'accordo.

- Ed ora a noi! Esclamai. Ho messo il furgone vicino a quella finestra, la bara possiamo farla passare di là.

- Ma, il medico? Chiese.

- Ma che medico e medico! Non respira più da ore, è freddo, è bianco cadaverico, che altro c'è da costatare? Apri la finestra, io vado fuori e ti passo la bara, poi lo avvolgiamo in un lenzuolo, lo mettiamo dentro e chiudiamo. Poggiamo la bara sul davanzale e la spingiamo nel furgone.

- E poi?

- Poi riportiamo il furgone all'agenzia.

Non fu una cosa lunga, Irina volle aiutarci a sistemarlo nella bara e quando fummo pronti per andar via, chiese di accompagnarci.

- No Irina, tu è meglio che rimani qui, non sei mai uscita da sola a quest'ora e devi comportarti come sempre, come se non fosse successo nulla.

- E Tommaso? Dove lo portate?

- Ora decidiamo, ti dirò tutto domani mattina, cerca di riposare e ricordati che devi apparire normale, normalissima. Se necessario dirai che Tommaso è dovuto andare da una zia che sta male.

Andammo via e Mariolone, fino ad allora complice silenzioso, tirò fuori i suoi pensieri.

Andre' dobbiamo, innanzitutto saldare la bara, poi domani mattina, prima delle sei, entriamo nel cimitero dalla porta laterale e la sistemiamo nel loculo in basso della cappella.

Penso che Irina non può rimanere qui per molto, la gente è abituata a vederla con Tommaso, dopo un po' comincerà a sembrare strano. Deve andare in un altro posto. Mentre decide dove e si organizza, noi vediamo come sistemarla. Ci vorrebbe un punto preciso della situazione economica di Tommaso, controllare se accedeva on-line al conto o ai conti... Lo spero, alla fine era un bancario, quindi, doveva essere almeno un minimo pratico del sistema. Questa cosa ci agevolerebbe molto...

- Era un tipo preciso e meticoloso – dissi –, avrà tutto scritto... Password, pin...

- Speriamo bene, stiamo facendo un casino!

- No, secondo me stiamo semplicemente facendo giustizia.

Arrivammo all'agenzia, parcheggiammo il furgone nel garage sul retro e scaricata la bara ne saldammo il coperchio zincato.

Poi caricammo il trasportino, che ci avrebbe permesso di portarla senza sforzo dalla piazzola di sosta alla nostra cappella ad un centinaio di metri, chiudemmo il garage ed andammo via. Erano da poco passate le dieci, ci fermammo da Attilio per cenare qualcosa, ma senza parlare granché, eravamo stanchi e ovviamente preoccupati. Una pizza e una birra esaurirono le nostre ultime energie. Ci lasciammo con un appuntamento per le cinque del mattino seguente in agenzia.

A casa mi addormentai subito, ma come mi succedeva sempre quando affidavo il mio risveglio a una sveglia, feci un sonno agitato. Sognai Tommaso, seduto con me, come tante volte, fuori al solito bar, che, mentre rigirava lo zucchero nel caffè, mi diceva sconsolato: "Che peccato ora che la mia vita aveva finalmente un senso non ho potuto godermela". "Solo qualche altro mese e avrei messo tutto a posto".

Mi svegliai alle 4,37, con queste ultime parole che ancora mi risuonavano nella testa.

Arrivai velocemente all'agenzia, il cancello sul retro era aperto e trovai Mariolone già seduto nel furgone. Appena mi vide mise in moto, salii e partimmo.

Il cancello laterale del cimitero era a poche centinaia di metri e non incontrammo nessuno. Mariolone fermò l'auto ed io andai ad aprire il cancello, entrammo e parcheggiammo nel piazzale dove normalmente arrivavamo con il carro funebre. Non avevamo ancora detto una parola. Scendemmo e con un non studiato sincronismo, proseguimmo: aprì il portellone, tirai fuori il trasportino, lo aprimmo, afferrammo la bara e la caricammo. Spingemmo verso la cappella, aprii la porta ed entrammo. Avevamo venduto sei dei dieci loculi disponibili sui due lati. Spostammo alcuni vasi che c'erano sul pavimento sull'altarino e decidemmo di sistemare Tommaso nel loculo in basso sulla destra. Togliemmo la lapide, scaricammo la bara e la posizionammo all'interno del loculo. Mentre Mariolone impastava un po' di cemento per chiudere con i laterizi, io portai indietro il trasportino e spostai il furgone fuori dal cimitero. Parcheggiai e tornai da lui. Riposizionammo la lapide, richiudemmo la cappella e ci avviammo verso l'uscita.

Ancora sovrappensiero, sobbalzammo quando ci sentimmo apostrofare con un inquisitore "E che ci fate qui a quest'ora?" rivoltoci da una voce alla nostra sinistra.

Ci voltammo di scatto ed era Umberto, il guardiano del cimitero. Mariolone mi sorprese con la sua freddezza: - Una scommessa, e tu come mai sei già in servizio?

-Eh, due volte alla settimana vengo presto per innaffiare le aiuole, con il fresco delle prime ore.

Lo salutammo ed uscimmo, entrammo in macchina.

"C'è mancato poco" disse Mario.

- Sì, chi caspita se l'aspettava che quello venisse prima delle sei ad innaffiare! Lasciami all'angolo, vado da Irina.

- Non farti vedere!

Scesi e mi incamminai, non passò nessuno e così potei infilarmi nel vialetto della villa e bussare.

Mi aprì subito, aveva il viso stanco e un velo di tristezza negli occhi, ma la voce era normale, pensai che evidentemente era abituata al dolore, che doveva già aver avuto brutti momenti e che sapeva di non poterli subire.

C'era del tè sul tavolo e me ne offrì una tazza, avrei preferito un bel caffè, ma disturbarla sarebbe stato indelicato.

- Allora, dov'è? Mi chiese.

- Lo abbiamo messo nella nostra cappella al cimitero.

- Potrò andare a trovarlo?

- Ma sì, con prudenza e non per molto, ma sì. Dovrai anche cercare un'altra sistemazione però; qui alla gente sembrerebbe strano non vederti più con lui.

- E cosa pensi dovrei fare?

- Resta qui per un'altra settimana, dieci giorni al massimo e vediamo di sistemare le cose. Poi dovrai affittare una casa ammobiliata in una città e riflettere su cosa vorrai fare. Salvo imprevisti, avrai i soldi di Tommaso e con quelli...

- Non posso prenderli.

- E perché? Tommaso non aveva nessuno a parte te – le dissi –. O forse preferisci che vadano a quella vecchia zia? Sempre che sia ancora viva, o altrimenti allo Stato?

Irina non disse nulla.

- Su dai, non fare la stupida, ne hai bisogno e d'altra parte, sarebbero stati tuoi se foste riusciti a sposarvi. Credo che Tommaso avrebbe voluto così.

Lei chinò il capo, sempre in silenzio.

- Ora, se non ti dispiace, vorrei vedere i documenti che Tommaso aveva con sé. Posso?

Irina esitò un secondo, poi andò in camera da letto e mi portò una cartella rigida, di quelle con elastico.

- È tutto qui, non credo ci sia molto e.... Vorrei andare al cimitero Andrea.

- Sì lo so, ma ora non è possibile, ora devi fare come facevi tutti i giorni. Cosa avresti fatto stamattina? Saresti andata a fare la spesa, dalle suore, a passeggio o che altro? Qualsiasi cosa avessi in programma di fare, falla. Ti accompagnerò alla cappella dopo pranzo, verso le due non dovremmo trovare nessuno. Ora è meglio che anch'io faccia come sempre e me ne vada in ufficio.

Uscii con prudenza e mi incamminai verso il centro, presi un caffè al bar ed in perfetto orario, entrai in municipio.

Fui indaffarato per buona parte della mattinata, sul tardi riuscii a dare uno sguardo alla cartella che mi aveva affidato Irina, dentro c'erano il contratto di affitto della casa, il contratto del conto corrente aperto alla BLPR e la busta, ancora chiusa, del pin per il bancomat.

C'era poi una multa per divieto di sosta, l'orario dei treni Benevento – Roma, alcune fatture dell'energia elettrica e del gas ed infine, una carta intestata della parrocchia di Ventotene con l'elenco dei documenti occorrenti per il matrimonio, a firma del parroco Don Luigi.

Tommaso voleva sposarsi in chiesa e la cosa mi sorprese, mi sarei aspettato più una discreta e riservata cerimonia in municipio. Comunque, del conto corrente di Napoli non c'era nulla, pensai che avrei dovuto controllare anche nel suo portafogli.

Lasciai l'ufficio alle tredici e trenta, mangiai un pezzo di pizza al bar, un succo di frutta, poi salii in macchina e tornai da Irina. Non appena imboccai l'ingresso della villa lei uscì di casa. Indossava un cappello di paglia ampio e degli occhiali da sole, aveva poi, a tracolla, una macchina fotografica che avrebbe dato alla nostra uscita un'impronta turistica.

Passammo davanti all'ingresso principale del cimitero, che era chiuso e ci fermammo nella traversa laterale di fianco all'altra entrata. Non c'era nessuno.

Nella cappella Irina cominciò a piangere in un crescendo di singhiozzi, al punto che dopo un po' presi a scuoterla perché poteva essere pericoloso, avrebbe potuto sentirsi male. Allora mi abbracciò e ricomponendosi quasi immediatamente, rimise gli occhiali scuri e se ne stette lì ferma davanti al loculo.

Dopo qualche minuto tornammo verso l'uscita.

Esattamente nello stesso punto in cui quella stessa mattina ci aveva apostrofato, ci trovammo di fronte il guardiano, Umberto. Sussultai e mentalmente lo maledissi. Ma fortunatamente mi sembrò impacciato dalla presenza di Irina.

- Dottore buonasera, vi avevo visto entrare e ho pensato che forse cercavate questa. E mentre lo diceva mi porse quella che in gergo si definisce una cardarella.

- L'avete dimenticata stamattina, io ve l'ho lavata.

Probabilmente arrossii per l'imbarazzo di essere incorso in un errore tanto banale, poi presi l'attrezzo, ringraziai Umberto e rivolgendomi ad Irina le dissi: "Signora da questa parte, mi segua" e mi diressi verso l'uscita.

Accompagnai Irina a casa; non disse niente del guardiano, non aveva collegato gli eventi. Entrai in casa e controllammo il portafogli di Tommaso, c'erano i documenti, dei soldi, una carta di credito, due bancomat, quello della BLPR e quello del Credito Emiliano di Napoli, un paio di foglietti piegati con degli indirizzi appuntati e in una taschina interna, dei biglietti da visita ancora con il logo della banca. Prima di uscire presi il cellulare di Tommaso.

Salutai Irina e poi corsi in agenzia, Umberto mi aveva messo in crisi. Mariolone era lì che parlava con il padre, salutai e andai nella mia stanza e dopo qualche minuto mi raggiunse.

- Cos'è quella faccia, che è successo? Mi chiese.

- Ho riportato la cardarella. L'avevamo lasciata stamattina nella cappella, quello stronzo di Umberto deve esserci andato dopo di noi. Alle due sono andato con Irina al cimitero, me lo sono ritrovato alle spalle e me l'ha data, "L'ho lavata" mi ha detto.

- Cazzo!

- Che facciamo? Gli chiesi.

- Non facciamo niente – disse freddo come uno stratega –, la mossa non sta a noi, se vuole qualcosa, verrà.

Mario tornò di là.

Tirai fuori il cellulare di Tommaso e presi a scorrerne la rubrica. C'erano registrati solo una ventina di numeri, e tra questi ce n'era uno anomalo, lo 082453773, associato al nome Bacone. Per prudenza provai a contattarlo, ma risultò inesistente. Uscii ed andai al bancomat in piazza, provai prima la tessera della BLPR con il codice che avevo trovato nella cartella, la macchina mi diede accesso alle operazioni e stampai gli ultimi movimenti ed il saldo, l'unica operazione effettuata di recente era un versamento di diecimila Euro, quello dell'apertura del conto. Passai all'altra tessera, utilizzai il codice 53773 e funzionò, anche qui chiesi movimenti e saldo, uscirono fuori un prelevamento di cinquecento euro, due addebiti per utenze, l'assegno di diecimila Euro versato alla BLPR, l'accredito della pensione di 1.870 Euro ed il saldo di 23.700 Euro circa. Era una buona base, quasi 34.000 Euro più la rendita mensile, tornai da Mariolone per informarlo.

- Deve esserci dell'altro – disse dopo un attimo di riflessione –. È andato in pensione, giusto? E quindi, deve esserci una liquidazione. Trentamila Euro, considerando che era figlio unico e che i suoi devono avergli lasciato qualcosa, mi sembrano pochi. E poi, Irina ha detto che hanno lasciato la casa di Napoli, ma erano in affitto? Meglio chiedere subito ad Irina, telefonale!
- Non posso, il telefono di Tommaso l'ho preso io, ci passo più tardi.
Sbrigai un po' di lavoro, ma avevo sempre in mente l'incontro con Umberto, sospettava qualcosa o aveva capito? Alle sei uscii e mi incamminai verso casa di Irina, una passeggiata mi avrebbe fatto bene. Irina stava leggendo, sulla poltrona c'era il Simposio di Platone.
- È un libro bellissimo – disse guardandomi negli occhi –; mi distende, per quanto è possibile, date le circostanze. L'hai letto?
- No, non l'ho mai letto, di che parla?
- È uno di quei libri che tutti dovrebbero leggere. Parla dell'amore, con descrizioni e definizioni bellissime.
Era da un po' che non la vedevo così "normale".
- Cosa ti ha colpito di più? Le chiesi.
- Sicuramente la descrizione dell'anima gemella, Platone dice che gli esseri umani erano in origine formati da una parte maschile ed una femminile. Avevano, quindi, quattro gambe, quattro braccia, due teste, due corpi e vivevano felici e sereni. Erano così forti e sicuri di sé da sfiorare l'arroganza ed un giorno Giove, infastidito da questo atteggiamento, decise di punirli e li divise in due, la parte maschile e la parte femminile e li disperse sulla terra. Da quel giorno ognuno è sempre alla ricerca della sua metà originaria, tormentato da quella mancanza.

- Ma che bello! E tu con Tommaso avevi trovato la tua? Le chiesi, ma capii di aver sbagliato mentre stavo ancora formulando la domanda. Irina mi guardò un secondo.

- No, il mio amore per Tommaso era sincero, ma pacato. Credo che Platone intendesse un altro tipo di sentimento. Lo saprò con certezza se avrò la fortuna di incontrarlo.

Presi, quindi, ad aggiornarla su quanto avevo scoperto a proposito dei conti, ma notai che non era particolarmente interessata, poi le chiesi della casa di Napoli.

- Era l'appartamento dei genitori, lo ha venduto ad un vicino.

- E per quanto? Le chiesi.

- Circa ottocentomila Euro.

- Capperi! E dove sono questi soldi?

- Penso in banca. Mi disse.

- Allora deve esserci un altro conto e necessariamente altri documenti.

- Qui non c'è altro, forse a Ventotene.

- E secondo me devi andarci quanto prima.

- Ma mi conoscono tutti, senza Tommaso sembrerà strano.

- Ok, allora, lasciamici pensare un po', ti faccio sapere.

Ci salutammo e andai via.

Il mattino dopo, mentre ero in municipio, mi chiamò Mariolone, c'era un funerale per il giorno dopo, una signora anziana che viveva in centro con uno dei suoi figli e la moglie. Non avevano una cappella di famiglia e avevano chiesto un loculo. Mario gli aveva proposto uno dei nostri e volevano vederlo, avrei accompagnato io un altro figlio nel primo pomeriggio. Arrivai alle tre al cimitero. Davanti al cancello c'era già la persona e stava parlando con Umberto, sembrava si conoscessero. Umberto mi salutò normalmente e ci presentò. Feci le mie condoglianze al signore, un tipo sulla quarantina, nato a Foglianise ma residente a

Benevento dove, mi disse, lavorava al Consorzio Agrario. Ci incamminammo verso la cappella. All'interno era tutto pulito, i fiori a posto e alcuni lumini accesi, incrociai lo sguardo di Umberto che però non mi sembrò particolarmente significativo. La sistemazione piacque ed invitai il signore a passare in ufficio per la stipula del preliminare di vendita.

Di ritorno, in agenzia, raccontai a Mariolone dell'incontro e degli sviluppi riguardanti i conti di Tommaso.

- Caspita! Una bella cifra, ma credo che non sarà semplice spostarla. Nell'ipotesi migliore il conto dovrebbe avere la gestione on-line, se troviamo i codici possiamo fare dei bonifici sul conto della BLPR, del quale Irina è cointestataria. Ricordiamoci però che le banche mettono un limite giornaliero a queste operazioni, tra i quindici e i venticinquemila Euro ed ancora che quando la giacenza di un conto scende di una certa percentuale, scatta una specie di allarme e ti chiamano per sapere cosa sta succedendo. In ogni caso un po' di soldi potremo sicuramente spostarli, poi vedremo ma è importante e urgente trovare i documenti, dobbiamo andare sabato a Ventotene.

- No, ci ho già pensato, andrò io.

Giovedì fui particolarmente indaffarato, la mattina in ufficio e nel pomeriggio con il funerale. In serata chiamai Irina, le dissi che avevo deciso di andare a Ventotene quel sabato e che sarei passato da lei l'indomani per prendere le chiavi e farmi dare le indicazioni necessarie. E così, venerdì, dopo pranzo, la raggiunsi.

Irina era seduta in giardino e ricamava, mi accolse con il solito piacere, entrammo in casa e mentre preparava un caffè, mi spiegò che l'unico collegamento con la terraferma era un traghetto che partiva alle nove da Formia e arrivava a Ventotene alle undici. Al ritorno la partenza era alle quindici.

- Devi fare tutto nelle quattro ore o fermarti a dormire lì. All'arrivo c'è un'unica strada che porta fuori dal porto e dopo due piccole salite si arriva nella piazza della chiesa. Prendi la salita a sinistra, dopo circa trenta metri c'è l'ufficio postale, a sinistra un arco che porta nella piazza del municipio, dall'altro lato, un'indicazione "Guardia di finanza"; segui l'indicazione ed un po' più avanti troverai, sulla sinistra, via Calagrande, la nostra strada. È una salita, dopo un centinaio di metri, a sinistra, vedrai l'insegna del ristorante "il Giardino", quello è l'ingresso secondario. Un po' più avanti sulla destra, c'è un cancello con di fianco l'iscrizione "Le Rane", quella è la casa. Questa chiave grande lo apre, le altre due sono degli appartamenti. La villa è composta da due appartamenti uguali, sovrapposti. La chiave con la ghiera blu è per la porta del pianterreno, quella verde per il primo piano. Lo studio di Tommaso è di sopra, entrando sulla sinistra. Ah, dimenticavo, l'interruttore generale dell'energia elettrica è dietro un quadro di fianco alla porta d'entrata. Nella villa il cellulare non prende, per telefonare devi tornare al cancello d'ingresso.

Mi salutò augurandosi che sapessi cosa stessi facendo.

Arrivai a Formia una mezzora prima della partenza. Trovai parcheggio nel porto, ma i parcometri accettavano solo monete. Andai, quindi, al bar e presi prima un cornetto, poi un caffè ed infine, un pacchetto di caramelle, pagando ogni volta con una banconota da cinque Euro per mettere insieme quanto occorreva per la tariffa giornaliera.

Salii a bordo giusto in tempo.

La traversata fu lunga e noiosa, nel porto non avevo trovato un giornalaio e così rimasi per un po' con i miei pensieri prima di entrare nel dormiveglia che mi accompagnò per il resto del viaggio.

All'arrivo percorsi l'unica stradina, interna al porto, che era un porto romano, come poi mi spiegò il barista mentre prendevo un altro caffè, scavato nel tufo, con da un lato, le imbarcazioni ormeggiate e dall'altro una serie di negozi che vendevano prodotti tipici.

Più avanti presi la salita verso la chiesa, non mi fermai nella piazza centrale pensando che lo avrei fatto dopo se ne avessi avuto il tempo, proseguii in direzione Guardia di Finanza e trovai la Via Calagrande. Dopo una decina di minuti ero davanti al cancello. Mi guardai intorno per un secondo, sulla strada non c'era nessuno ed aprii.

Percorsi il viale carrabile d'ingresso, in discesa, con a sinistra un muro di confine ed a destra un ampio giardino con alberi alti che continuava per circa cinquanta metri prima di aprirsi nello slargo dove si trovava la casa.

Pochi metri più avanti un altro cancello separava la proprietà da una strada pubblica e da un sentiero che scendeva verso il mare.

Salii al piano superiore, scostai dei giornali infilati sotto la porta ed entrai. Attivai il contatore. Si accese il lampadario di un piccolo ingresso dal quale si accedeva al salone. Rimasi un attimo a guardare il bellissimo pavimento con decori di Vietri, da solo arredava. Andai, quindi, nello studio dove, quasi al centro della stanza, c'era una piccola ma graziosa scrivania, sicuramente di antiquariato, in noce lucido con un cassetto centrale grande quanto il piano e due cassetti più piccoli per ogni lato, posti sotto il primo così da lasciare al centro, uno spazio comodo per le gambe.

Sul piano c'era un contenitore cilindrico con penne, matite ed evidenziatori e poi due agende, una dell'anno corrente ed una del precedente. Il cassetto grande era chiuso a chiave, i piccoli erano, invece, aperti. Cominciai con quelli di destra sperando anche di trovare la chiave di quello grande così da non doverne forzare l'apertura. Vi trovai una macchina fotografica a pellicola ed alcuni raccoglitori di foto. Nel secondo cassetto c'erano matrici di carnet d'assegni, almeno un centinaio, forse venti o trenta anni di pagamenti. C'era ancora della cancelleria varia e ritagli di giornali. Mi guardai un po' in giro alla ricerca della chiave per il cassetto principale, poi svuotai il portapenne e la trovai. Era più riposta che nascosta. All'interno c'erano alcune cartelline verdi da ufficio con sul frontespizio il riferimento al contenuto. Tralasciai "Tasse"," INPS", "Conti Casa Ventotene" e "Conti Casa Napoli" e tirai fuori "Banca" e una busta formato A4 dello studio notarile Naimone. Era, come avevo supposto, quello era il contratto di vendita della casa di Napoli. Il signor Pasquale Fiorito aveva pagato alla firma dell'atto, settecentottantamila Euro in assegni circolari. Aprii, a questo punto, la cartella "Banca" e nell'estratto conto del primo trimestre trovai il versamento corrispondente, seguito, subito dopo, da una serie di addebiti per l'acquisto di titoli di credito che riportavano il saldo intorno ai trentamila euro, cifra che evidentemente Tommaso preferiva tenere immediatamente disponibile. Continuai a sfogliare i documenti del dossier alla ricerca di una situazione titoli che però non c'era, pensai che doveva essere un documento che veniva inviato periodicamente e che l'ultimo non era ancora arrivato.

I documenti dell'anno precedente non erano nella cartella, forse Tommaso archiviava da qualche altra parte le varie annate. Mi imbattei, però nelle buste di trasmissione dei codici di accesso al servizio "on line" e me le infilai in tasca. Diedi uno rapido sguardo in giro alla ricerca di altri documenti e dopo poco lasciai la casa.

Avevo giusto il tempo per uno spuntino. Andai nella piazza grande, quella del municipio, dove c'erano due bar aperti con alcuni turisti seduti ai tavolini esterni. Mi accomodai, ordinai un toast e una birra. La piazza era rettangolare, con alcune panchine sparse e qualche albero; sul lato lungo, verso il mare, al centro, c'era il palazzo municipale, ornato con tutte le bandiere europee in onore di Altiero Spinelli, confinato sull'isola in epoca fascista, uno degli autori del manifesto per l'Europa unita, il Manifesto di Ventotene, appunto. Sullo stesso lato del Municipio c'erano, da una parte, l'hotel Mezzatorre con il relativo ristorante che dava su una terrazza panoramica e dall'altra, l'ingresso ai giardini comunali. Sul lato opposto, invece, oltre al bar dove ero seduto, c'erano un negozio di abbigliamento, un supermarket e una libreria. I lati corti della piazza erano occupati da case private.

Consumata la mia ordinazione, mi alzai e mi diressi al porto.

Arrivai a Foglianise alle 19,30, piuttosto stanco, ma contento di come era andata la giornata. Andai subito all'agenzia per verificare i codici del conto, solo lì avevamo un collegamento internet. Mariolone era già andato via, mi collegai sul sito della banca, inserii i codici e dopo qualche istante si aprì la pagina iniziale con il saldo di conto ed un menu dal quale era possibile accedere al "dossier titoli".

C'erano i 780.000 Euro della casa, divisi in azioni, CCT ed obbligazioni, ma erano andati ad aggiungersi ad altri investimenti già presenti per un valore totale della posizione di oltre un milione di Euro!

Era molto più di quanto avevamo supposto.

Lasciai la macchina ed andai a piedi verso casa di Irina, vidi la luce accesa nel soggiorno e bussai. Irina stava studiando. Sul tavolo in soggiorno c'era un libro aperto, in inglese ed un quaderno per appunti sul quale stava annotando qualcosa.

- Com'è andata? Mi chiese.

- Bene, più facile del previsto. Grazie alle tue indicazioni mi sembrava di essere stato sull'isola molte altre volte. La casa mi piace, un bellissimo posto, adatta per chi vuole starsene in pace, uno scrittore magari, ma grazie ad internet, anche per chi ha la fortuna di poter lavorare da casa. Ma veniamo a noi.

- Hai trovato ciò che cercavi?

- Si, anzi molto di più.

- Cioè?

- Ho trovato e preso i codici per l'accesso al conto corrente, e poco fa mi sono collegato. Sul conto ci sono effettivamente i circa trentamila Euro che sapevamo, ma nel deposito titoli collegato al conto ho ritrovato i soldi della casa di Napoli più altre cose, con un saldo superiore al milione di Euro.

- Vuoi un tè?

- Ma, scusa, non sei sorpresa?

- Non sono i soldi che cercavo, per me non rappresentano molto. Sono anni che vivo con poco e non mi manca niente, sono tranquilla nella mia dimensione. Quei soldi non sono miei, non saprei che farne ed ho paura di ritrovarmi in qualche guaio. Vado a mettere l'acqua sul fuoco.

La seguii in cucina.

- Credo che rimanendo sé stessi si possa, tranquillamente, gestire fortune improvvise senza fare e soprattutto senza farsi del male. I soldi sono tuoi, dobbiamo solo trovare il modo di prenderli e per questo c'è Mariolone che, di banche, ne capisce.

Parlammo ancora per un po', ma poi vedendola un po' a disagio, la lasciai.

La domenica mattina iniziai a chiamare Mariolone alle nove e proseguii ogni ora fino alle tredici quando, bontà sua, mi mandò un messaggio "Sono occupato, ti richiamo".

Mario non aveva una fidanzata ufficiale, ma molte amiche, prendeva le ragazze con una leggerezza che io non avevo mai avuto, si divertiva e viveva tranquillo.

Mi richiamò nel pomeriggio e mi passò a prendere.

- Allora? Dimmi tutto, visto quante chiamate mi hai fatto, devono esserci novità importanti.

- Sì. Ti risparmio il contorno, sul conto titoli di Tommaso ci sono più di un milione e centomila Euro.

- Cazzo! E che sfiga!

- Perché? Gli chiesi.

- È molto semplice: cento, duecento e forse anche trecentomila Euro li gestisci da solo, ma per somme più grandi la banca, di solito, si fa affidare l'amministrazione e una cifra così consistente prevede sicuramente un "Private" che segue il cliente, lo consiglia, lo assiste e fa in modo che resti fidelizzato alla banca e che non trasferisca altrove le sue disponibilità.

Detto questo, per Mariolone, almeno per il momento, l'argomento era chiuso, inutile insistere.

Lunedì ripresi servizio all'ufficio anagrafe, il mio maestro Tommaso Botte, era malato. Mi persi un po' in una pratica di pubblicazioni di matrimonio, sia perché non mi era mai capitata, sia perché il futuro sposo aveva la mia stessa età e lei quella di Daniela, la mia ex. La cosa mi turbò più di quanto fossi disposto ad ammettere.

Dopo pranzo andai in agenzia, Mariolone era lì ed evidentemente aveva ripensato al dossier titoli perché, senza neppure salutarmi, mi chiese di controllare se ci fossero accrediti per cedole sul conto corrente.

Non capii lo scopo, ma non mossi obiezioni e mi collegai. Consultai tutti i movimenti disponibili e trovai quattro accrediti con causale "cedole", ma – cosa che mi sembrò alquanto strana – gli accrediti erano immediatamente seguiti da addebiti dello stesso importo con causale "giroconto".

Riferii a Mariolone.

- Male, malissimo! Disse.

Io continuavo a non capire.

- Significa che gli interessi sono automaticamente reinvestiti. Tutti i movimenti del conto deposito titoli passano attraverso un gestore, non possiamo toccare niente. Devo pensare.

Detto questo, tornò nel suo ufficio ed io, accantonati Irina e Tommaso, ripresi il mio lavoro.

Non affrontammo, per alcuni giorni l'argomento, anche se ognuno di noi si soffermava ogni tanto alla ricerca di una soluzione. Avevo aggiornato Irina sulle conclusioni di Mariolone, ma lei continuava a non mostrarsi particolarmente interessata, anzi l'avevo sentita piuttosto triste.

Mi ero collegato più volte alla banca, ma quella sera mi venne di andare a curiosare nella sezione "il mio profilo" del sito. Vi trovai un riquadro "contatti" dove Tommaso aveva inserito il numero del cellulare ma non l'e-mail, perché forse non ne aveva una. Pensai che qualcuno avrebbe potuto chiamare e a quel punto Irina sarebbe stata in difficoltà, decisi, quindi, di comprarle una nuova scheda telefonica ed anche di aprire una casella di posta a nome di Tommaso. Lo feci subito ed inserii il nuovo indirizzò lì, nei "contatti" della banca. Rispondere ad una e-mail sarebbe stato molto più facile che rispondere al telefono. Poi passai da Mariolone per aggiornarlo e lui si disse d'accordo con il mio operato. "Ottima idea!" mi disse .

Comprai la scheda telefonica ed andai da Irina. Era come sempre lontana, pensierosa. Triste.

- Se mi accompagni, domani vorrei passare per il cimitero. E... Ho deciso di andar via... Non riesco a rasserenarmi, qui ho conosciuto tante persone e sono stata veramente bene, ma ora non esco di casa per paura di incontrale, non saprei cosa dire di Tommaso...

- E dove pensi di andare?

- Inizialmente avevo pensato di trasferirmi per un po' a Formia, in attesa di sviluppi, ma poi ho pensato che avrei potuto incontrare qualcuno di Ventotene e così ho chiamato un'agenzia immobiliare di Sperlonga ed ho affittato una di quelle case di villeggiatura che, dalla fine di Agosto restano vuote. Mi hanno fatto un buon prezzo.

- E quando parti?

- Pensavo dopodomani, devo controllare gli orari dei treni.

- E la macchina?

- Già! Ho pensato che se dovessero fermarmi per un controllo non saprei cosa dire e soprattutto, che se dovessero cercare Tommaso per un riscontro la cosa potrebbe prendere una piega pericolosa. Mi dispiace disturbarti ancora, ma posso chiederlo solo a te, puoi sistemarla da qualche parte nell'attesa di una soluzione?

- Ma certo, non ti preoccupare, ci penso io. E per la casa?

- Non la lascio, il contratto è fino a dicembre ed io spero, più in là, di poter tornare. Porto con me solo poche cose e vorrei anche lasciarti sia le chiavi di questa casa che quelle di Ventotene.

- Penso a tutto io, stai serena. Senti, ti ho preso una scheda telefonica e già che cero anche un telefonino. Devi tenere quello di Tommaso spento ed accenderlo solo qualche volta, di mattina presto o di sera tardi, solo per vedere se ci sono state chiamate e da parte di chi. Ho aperto una casella e-mail a nome di Tommaso e te ne darò i dati di accesso prima della partenza. Credo sia meglio che tenga io i codici della banca, almeno fino a quando non troveremo una soluzione.

- Ma sì, tienili tu, non c'è problema. Mi disse.

- Tu hai il tuo bancomat e, oltre a prelevare, puoi sempre tener d'occhio il saldo. Lo farò anch'io, bisogna che non ci siano mai più di trentaquattromila Euro. Questo è il saldo più alto che ho visto sugli estratti conto e Mariolone pensa che eventuali somme eccedenti potrebbero essere automaticamente spostate dalla banca nella gestione del patrimonio. Quindi, considerando l'accredito mensile della pensione, non bisognerà mai lasciare sul conto più di trentamila Euro. Se non li prelevi, se non ti servono, io li girerò sul tuo conto di Foglianise.

- Va bene, grazie. Grazie.

- Non ringraziarmi, lo faccio perché penso che sia giusto così. Tu piuttosto, cosa farai?

- Non lo so ancora. Qui leggo, studio, ricamo, ma spesso non mi basta, mi sento disorientata... Non lo so.

Il giorno dopo, poco prima delle due del pomeriggio, mi avviai al cimitero, avevo detto ad Irina di venire alle quattordici e volevo controllare se c'era qualcuno, custode compreso. Non c'era anima viva.

Irina arrivò puntuale, aveva un'ampia borsa dalla quale, una volta entrati nella cappella tiro fuori un mazzo di fiori.

Le feci compagnia per alcuni minuti e poi la lasciai sola.

Uscì dopo qualche minuto, con gli occhiali da sole.

- Parto domani mattina. Mi disse risoluta.

- Posso accompagnarti?

- No, grazie, ho il treno da Benevento alle otto e dieci e non ho fretta di arrivare, tu hai già fatto tanto, forse troppo.

- Lascia che ti accompagni almeno a Benevento, andiamo con la Mercedes, così poi la lascio nel garage di mio padre. Per me non è un problema, anzi ne sarei felice.

- Va bene, allora ci vediamo alle sette e un quarto così potrai tornare in tempo per andare a lavoro.

Ci salutammo fuori la stazione, mi abbracciò per qualche istante, mi guardò negli occhi e mi lasciò lì, non fui capace di dire una sola parola.

Nel pomeriggio mi chiamò, erano più o meno le sei, aveva una voce serena, quasi allegra, che fu un piacere sentire.

- Tutto bene? Le chiesi.

- Sì, sì, più faticoso di quanto credessi, ma alla fine sono qui.

- Forse il treno era scomodo?

- No, neanche tanto, il problema è che ho dovuto cambiare a Napoli, poi a Formia e sono arrivata alla stazione di Fondi-Sperlonga che però dista circa sei chilometri da Sperlonga. Ho dovuto aspettare un bus per essere finalmente in paese intorno alle tredici. Fortunatamente, l'agenzia immobiliare sapeva che viaggiavo in treno e mi ha aspettato per consegnarmi le chiavi.

- E la casa?

- È molto carina, meglio di quanto mi aspettassi. Un palazzo nuovo, di tre piani, su una strada parallela al lungomare. La casa è al piano rialzato ed ha un ampio terrazzo, c'è anche

un po' di giardino! È arredata con semplicità, ma decisamente allegra e confortevole. L'unico neo è che sono l'unica inquilina nello stabile. La titolare dell'agenzia immobiliare mi ha spiegato che sono tutte seconde case, piene in estate, ma frequentate sporadicamente e solo nei fine settimana negli altri periodi dell'anno.
- Capisco.
- Nel complesso sono però molto contenta, c'è addirittura un computer con il collegamento internet. Ho fatto un giretto qui intorno giusto per rendermi conto del posto, dei negozi, della gente. Più tardi farò una passeggiata per vedere il centro, il paese vero, quello storico, che è un po' più in alto. Dal lungomare sembra bellissimo, domani ti farò sapere!
Dopo qualche giorno la telefonata delle sei divenne un'abitudine.

Un pomeriggio, in agenzia, Mariolone, riemergendo da uno dei sui lunghi silenzi, mi chiese se avessi avuto qualche idea riguardo alla questione dei soldi.
- Non dobbiamo distrarci – mi disse –. Abbiamo due problemi e non possiamo farci trovare impreparati.
- I soldi sono il primo e poi?
- Umberto. Sono convinto che prima o poi si farà vivo.

Qualche giorno dopo proposi a Mario di prendere dal conto di Napoli dieci o quindicimila Euro, ordinando online un bonifico a favore del conto di Foglianise.
Mi ero ricordato che mio padre aveva avuto una specie di conto deposito collegato al conto corrente e dopo aver impostato valori minimi e massimi di giacenza, in automatico, tutto quello che eccedeva il valore massimo veniva portato sul conto deposito dove c'era un tasso di

interesse migliore, mentre quando il saldo scendeva al di sotto del valore minimo, succedeva il contrario e dal conto deposito i soldi venivano riportati nel conto corrente per ripristinare il valore minimo.

Pensai che con ogni probabilità anche i conti di Tommaso potevano funzionare così.

- Ammesso e non concesso che sia così, potremo farlo una volta, forse due, ma dopo un po' scatterebbe di certo un allarme e vorrebbero sentire Tommaso.

- Ma possibile che questi stanno a guardare tutti i movimenti?

-Sì, lo fanno in automatico. C'è un programma che analizza statisticamente i movimenti di tutti i conti e tira fuori e segnala le anomalie. Per intenderci, se hai sempre fatto bonifici o prelievi o assegni di massimo mille Euro, la prima volta che fai un'operazione di duemila Euro il programma ti segnala e un funzionario della filiale dove hai il conto valuta l'operazione e se lo ritiene opportuno, contatta il titolare. Ora, Tommaso non faceva nulla di speciale, il suo conto doveva essere monotono come la sua vita e quindi, ogni cosa fuori dall'ordinario diventa sorprendente e genera un allarme. Quando ha fatto l'assegno di diecimila Euro per aprire il conto a Foglianise sono sicuro che ha ricevuto una telefonata. Se movimentiamo cinquemila Euro, anche se potrebbe apparire strano non sarebbe una cosa straordinaria e l'operazione potrebbe passare inosservata, ma se ne spostassimo altri cinquemila, sicuramente vorrebbero contattare Tommaso.

- Sì, ma a quel punto come opzione di contatto troverebbero non più il telefono, ma l'email! Potremmo rispondere senza alcun rischio...

- No, ci ho pensato, non dimenticarti che ha lavorato lì, potremmo entrare in contatto con qualcuno che lo conosce, addirittura un amico e noi potremmo sbagliare toni e parole. È molto pericoloso, non credo sia la strada giusta.

Discutemmo un altro po' senza arrivare a niente, poi Mariolone uscì.

C'era qualcosa che non andava, ma non riuscìi ad inquadrarla fino a quando non guardai l'orologio. Erano le sette passate già da qualche minuto e Irina non mi aveva chiamato, stranissimo, da quando era partita, non era mai successo. Feci diecimila pensieri, in un crescendo di preoccupazione, fino a quando non arrivai a vederla a terra con un filo di sangue che le usciva dalla nuca dopo essere scivolata uscendo dalla doccia. Mi alzai in piedi di scatto. Poi ricordai che era sola in quel palazzo disabitato e nella mia immaginazione, comparve un maniaco che l'aveva seguita, assalita e che ora la teneva prigioniera abusando di lei. Stavo già pensando alla macchina quando il telefono squillò.

- Pronto! Esclamai.

- Ehi, che cosa è successo? Mi chiese Irina candidamente.

- Ciao Irina, scusami, tutto bene? Come stai? Non mi hai telefonato e mi ero preoccupato.

- Preoccupato? Ma no. Ero andata al cinema. Il paese è piccolo, ma una sala cinematografica c'è. Il cinema è quasi al centro, in alto vicino al municipio e all'ufficio postale e stasera davano" Orgoglio e pregiudizio". Mi faceva piacere rivederlo.

- Ah ok, meno male! Qui è tutto normale, Mariolone è un po' in ansia, vuole risolvere il problema.

- Dai, parliamo d'altro, non ho voglia di pensare a questa storia. Pensi sempre a Daniela?

- E tu che ne sai?

- Tommaso, dopo la conversazione che aveste, era dispiaciuto per te e a casa me ne parlò. Pensi che fosse la persona giusta?

- Non credo esista una sola persona giusta. I momenti, le circostanze fanno la differenza e anche noi ci modifichiamo, spesso ci adattiamo a quella che, in un certo momento, abbiamo creduto fosse la scelta giusta.

- Sei un po' duro, io non la penso così. Io credo in una persona giusta, quella di Platone. Bellissima.

Continuammo a confrontarci un altro po' e per la prima volta da quando la conoscevo, la sentii più vicina. La mattina dopo andai a comprare il Simposio.

Continuai a monitorare il conto di Tommaso e saltuariamente la casella di posta elettronica fino a quando, un martedì pomeriggio, trovai due messaggi. Erano della banca. Per un attimo, quasi temendo che se avessi aperto il messaggio avrei stabilito un contatto con il mittente ed evidenziato che non c'era Tommaso a leggerlo ma un impostore, rimasi immobile. Poi mi feci coraggio e li aprii. Era lo stesso testo inviato due volte a distanza di ventiquattro ore: "Documento in scadenza, appena puoi mandami gli estremi del nuovo. Grazie, ciao. Gianni".

Andai nell'altro ufficio, da Mariolone.

- Che facciamo? Rispondo che sono all'estero e che mi farò vivo al rientro?

- No, se poi controlla il conto e vede dei prelevamenti bancomat fatti a Sperlonga che penserebbe? Aspettiamo ancora un paio di giorni e poi gli rispondiamo "Va bene appena posso te lo farò avere". Ma controlliamo prima la carta d'identità e vediamo quando scade.

- È nel portafogli di Tommaso, ce l'ha Irina, la chiamo.

Irina era nel suo terrazzo-giardino a ricamare e fu sorpresa dalla telefonata fuori orario. Andò subito a controllare il documento e mi disse che, effettivamente, sarebbe scaduto dopo una ventina di giorni, le chiesi allora di accendere il cellulare di Tommaso e constatammo che anche lì c'erano state, nei giorni precedenti, tre chiamate tutte da un numero di Napoli ed in orario di ufficio. Pensai fosse lo stesso Gianni delle e-mail, ma per sicurezza annotai il numero con l'intenzione di chiamarlo più tardi per sentire chi e da dove rispondeva.

Entrò Mariolone.

- Allora? Mi chiese.

- Scade tra venti giorni. Hanno anche provato a chiamare sul cellulare.

- Va bene, non è urgente, ma dobbiamo comunque organizzarci perché in caso di segnalazione ad altre autorità, ad esempio per operazioni che si sospetta siano anomale, come potrebbero esserlo quelle di "eccessivo movimento di contante" o protesti e mancati pagamenti, la banca deve avere in archivio un documento in corso di validità e in mancanza è tenuta a sospendere l'operatività del conto.

- Cioè può bloccarlo?

- Sì, ma non c'è problema perché finalmente credo di aver trovato la nostra soluzione.

- E che aspetti? Dimmi!

- Allora, per prima cosa dobbiamo rinnovare la carta d'identità e poiché è una cosa che si fa nel comune di residenza, con l'interessato e noi non abbiamo né l'uno né l'altro, cominceremo col trasferire la residenza di entrambi a Foglianise.

- E come, scusa?

- Lo dovresti sapere, la domanda può essere presentata da uno qualsiasi dei componenti del nucleo familiare che si trasferisce, per cui diciamo ad Irina di tornare per presentare la domanda a nome suo e come convivente di Tommaso. Occorre poi il contratto di affitto della nuova residenza, e lei lo ha.

- E i vigili? Sono loro che devono verificare.

- A quelli ci pensi tu, dici che è una cosa urgente per un amico e li mandi a controllare il prima possibile, loro troveranno in casa Irina che dichiarerà che Tommaso abita lì con lei, ma che al momento è fuori per lavoro. Tempo una settimana ed abbiamo la residenza.

- Va bene.

- Il secondo passo sarà procurarci una foto recente di Tommaso, che Irina sicuramente avrà e con il computer la manipoliamo per ottenere tre foto formato tessera. Appena sarai in servizio all'anagrafe, avremo la nuova carta d'identità.

- Galera certa! Esclamai!

- Siamo in ballo e dobbiamo ballare e poi, sinceramente, non vedo particolari ostacoli. Andrà bene.

- Hai ragione, scherzavo.

- Questa è la prima parte, propedeutica alla soluzione finale che ti dirò dopo aver fatto un'ultima verifica. Ora richiama Irina così le dici che deve tornare.

Chiamai Irina seguendo le indicazioni di Mario e le dissi che avevamo un problema e che era necessaria la sua presenza per risolverlo.

- Vengo a prenderti sabato mattina, così ti dico tutto durante il viaggio di ritorno – le dissi – e la salutai rapidamente senza darle il tempo di obiettare.

Arrivai a Sperlonga un po' dopo le dieci. Conoscevo la strada, ero già stato più volte a Terracina, una quindicina di chilometri più avanti, ma anche se più volte incuriosito dal vedere questo paese, bianco, arroccato su uno spuntone di roccia sul mare, non mi ci ero mai fermato.

Arrivando da Sud si entra nella parte alta, quella più antica. Parcheggiai la macchina in uno slargo vicino ad una terrazza panoramica. Scesi e ammirai quel panorama bellissimo.

Il paese vecchio era per lo più sulla sinistra, quasi fuori dalla mia visuale, davanti avevo il mare e sotto potevo vedere la parte nuova, costruita al livello del mare e tutto il litorale fino a Terracina.

La casa di Irina era laggiù, nella zona nuova. Prima di riprendere l'auto andai a dare uno sguardo alla piazza che avevo intravisto dietro una costruzione sulla mia sinistra. Era molto ampia, con il palazzo municipale su un lato e la chiesa sull'altro. Alla fine mi resi conto che la vita del paesino era concentrata lungo un'unica strada, la principale, con alberghi, ristoranti, negozietti e un belvedere sulla parte sinistra della costa, una spiaggia molto più larga dell'altra, che terminava con le rovine della villa di Tiberio. Fatti altri pochi passi, mi trovai nella caratteristica piazzetta dalla quale partivano tre stradine che, ognuna in una direzione, portavano sempre al mare.

Misi in moto e scesi verso il lungomare, telefonai ad Irina che mi diede indicazioni precise.

- Vieni avanti sul lungomare – mi disse –, fino a un palazzo con dei porticati, a quel punto prendi la prima a destra, via Valle e poi la prima a sinistra, io sono al sessantacinque e ti vengo incontro.

La trovai fuori al cancello del 65. Entrai e spensi il motore. Lei mi abbracciò e io pensai che stare da sola doveva esserle pesato.

- Vieni, ti mostro la casa e prendo il bagaglio.

La casa era carina, al piano rialzato, si entrava direttamente nel soggiorno, dipinto di bianco ma con una parete azzurra, mobili semplici, ma moderni e ben intonati. Da una porta finestra di fianco all'angolo cottura si accedeva allo spazio esterno, un terrazzo con sui bordi, al confine della proprietà, un bel giardino pieno di fiori. Mi piacque molto.

Ripartimmo quasi subito con l'intenzione di fermarci per pranzo lungo la strada.

In macchina spiegai a Irina cosa dovevamo fare e perché.

- Come potremmo mai vivere nell'angoscia delle nostre bugie e nella necessità di alimentarle con altre, in una spirale che potrebbe essere infinita o finita nella nostra perdizione?

- Riconosco Dostoevskij, ma non sarà così – le dissi –. Mariolone dice di aver trovato la soluzione definitiva, non mi ha detto altro se non che deve controllare un'ultima cosa.

- Speriamo. Speriamo che sia vero. Disse leggermente rassegnata.

La strada correva con sulla destra il blu intenso del mare.

- Facciamo così: lunedì vieni in municipio, dovrei essere all'anagrafe, nel caso cercami negli altri uffici; presenterai la pratica di cambio di residenza con provenienza da un altro Comune. Dovrai portare con te la carta d'identità di Tommaso è dichiararti sua convivente. Ok?

- Sì, ho capito.

- Certo che questa macchina va che è una meraviglia! Silenziosa e perfetta.

- Sì... Tommaso in questo era maniacale. Continui controlli, anche se la usava pochissimo.

Ci fermammo tra Gaeta e Formia, in un ristorante sulla strada. Io presi degli spaghetti con le vongole, Irina un'insalata mista - ...Senza tonno e senza uova – disse al cameriere.

-Sono diventata vegana.

- Ma dai!

- Sì, era già da un po' che avevo eliminato la carne, poi ho letto un libro sui benefici dell'alimentazione priva di proteine animali e poi un altro sui costi ecologici degli allevamenti intensivi e dei trattamenti riservati agli animali ed ecco che mi ritrovo ad essere vegana!

- Quindi neanche latte?

- Neanche latte, o meglio, latte sì, ma solo di soia.

- E tu che eri golosa di gelato a pistacchio!

- Sì, è l'unica cosa che veramente mi pesa!

Il lunedì mattina non c'era Gennaro Botte e fui, fortunatamente, messo all'anagrafe. Poco dopo le dieci arrivò Irina, Semplice ed elegante come sempre.

- Buongiorno, tutto bene?

- Sì, scusa, ero sovrappensiero. Vieni dai, riempiamo questo modulo.

Ci vollero solo pochi minuti, le rilasciai la ricevuta di avvenuta presentazione della domanda e ci salutammo formalmente, ma con un "Ti telefono dopo" sussurrato.

Registrai la richiesta e ne feci una copia per la municipale, poi la inviai tramite Carlo, usciere e factotum e contemporaneamente chiamai il loro ufficio chiedendo la cortesia di fare velocemente la verifica.

Nel pomeriggio, in agenzia, aggiornai Mariolone.

- In un paio di giorni avremo la residenza.

- Bene. Irina ha trovato qualche foto adatta?

- No, quasi tutte sono fatte da Tommaso e ritraggono lei. Una cosa molto triste, mi ha detto. Comunque, in quelle in cui sono insieme, Tommaso non è in una posa adatta per farne una foto tessera. Credo ci convenga duplicare direttamente quella della carta d'identità.

- Ok, se me la dai lo faccio io.

- Te la porto più tardi o domani, devo prenderla da Irina.

- Va bene. Mi disse.

Sbrigai un po' di cose e poi verso le sette passai dalla pizzeria "Vesuvio", l'unica in paese, per prendere due pizze da asporto e due birre.

Bussai alla sua porta circondato dal profumo delle pizze, lei mi guardò sorpresa.

- Non dovevi chiamarmi? Mi chiese.

- Ho pensato che una pizza ci sarebbe stata bene. Le dissi.

- Beh, in effetti il profumo è molto invitante, ma ricordi? Io non mangio mozzarella, mi sembra di avertelo detto...

- Sì e infatti per te ho preso una marinara senza acciughe.

- Va bene allora, a tavola! Mi disse.

Nel frattempo ero riuscito a leggere il Simposio di Platone e la ringraziai. Il libro occupò buona parte della nostra conversazione.

Tutto andò bene fino a quando non chiesi notizie della sua vita ante Tommaso. Da dove veniva, che studi aveva fatto, la sua famiglia. Lei si intristì ed io, in totale imbarazzo, le chiesi scusa.

- No! No, scusami tu. Cerco sempre di non ricordare il mio passato, figurati parlarne! Ma tu non potevi saperlo.

Malgrado qualche timido tentativo di ristabilire il clima precedente, la serata era ormai finita.

Mercoledì i vigili andarono a verificare all'indirizzo dichiarato da Irina. Come avevamo concordato, lei disse che Tommaso era momentaneamente assente e non ci furono problemi.

Giovedì arrivò il nulla osta e l'anagrafe li registrò nella popolazione residente. Mariolone mi ridiede la carta d'identità e le foto duplicate ed anche leggermente ritoccate.

- ... Che succederebbe se, sostituendo il documento nel fascicolo, l'impiegato della Banca desse un'occhiata e trovasse le foto uguali? – mi chiese –. Lo so, non è probabile, ma non è neanche impossibile. Prudenza. Un'altra cosa, quando metti la foto sulla nuova carta d'identità, mettici poca colla, pochissima e poi prendi questo pezzettino di sapone e mettilo in borsa, tenendolo stretto in mano si ammorbidirà e potrai metterne un leggero strato sul documento prima di apporre il timbro.

Riposi tutto nella mia borsa con l'accordo che appena fossi stato di nuovo di servizio all'anagrafe, avrei rinnovato il documento.

Non dovetti aspettare molto.

Il lunedì seguente, come consuetudine, Botte si diede assente, io ero il naturale sostituto e alle tredici, uscendo dall'ufficio, avevo con me la nuova carta d'identità di Tommaso.

Il giorno dopo Mariolone rimase fuori tutta la giornata, forse con una delle sue affezionatissime amiche.

L'indomani mi telefonò in ufficio, era forse la prima volta che lo faceva, dicendomi che si era convinto della sua soluzione e che era arrivato il momento di incontrarsi con Irina per concludere.

- Andiamo da qualche parte? Gli chiesi.

- No, meglio a casa sua.

Così telefonai ad Irina e prendemmo appuntamento per giovedì sera a cena. Una cosa leggera, decidemmo.

In agenzia scannerizzai la nuova carta d'identità e la inviai con un semplice "Eccola! Ciao" come risposta alla e-mail

della banca. Un paio di ore dopo, ricontrollando la casella di posta trovai la risposta: "Grazie, ma che ci fai a Foglianise?" firmato Gianni. "Campagna, vigneti, roba genuina. Un po' mi piace e un po' ho bisogno di stare tranquillo."
Altri due minuti e mi rispose: "Un sabato vengo a trovarti!"
Ci mancava solo questa. Pensai.

Arrivai a casa di Irina poco dopo le otto, Mariolone non si era visto tutto il giorno.
Avevo con me due bottiglie di Fiano fresche di frigo.
Irina mi abbracciò appena chiusa la porta.
- Perdonami. Mi disse subito dopo.
- Non dirlo neanche per scherzo Irina, le dissi.
Sentimmo la macchina di Mariolone entrare e gli andammo incontro.
- Ciao ragazzi! Ho portato il dolce!, disse scendendo dall'auto con una scatola che porse ad Irina.
- Che cos'è?
- Mele stregate, una specialità di Benevento.
Irina si girò dalla mia parte con aria interrogativa.
- Sono dei gelati a forma di mela con un cuore di pandispagna bagnato con liquore Strega.
- Ti ringrazio Mario, ma il gelato non è per me, non mangio latte. Su, entriamo!
- Vedrai che dopo aver sentito la mia proposta, farai un'eccezione.
Cenammo in una atmosfera finalmente distesa, io ed Irina ci coalizzammo stuzzicando Mariolone sulle sue "carissime amiche", la mozzarella era buonissima, Irina aveva preparato un'insalata super e delle strane polpette a base di ceci, che finirono in un secondo.
Quando stappai la seconda bottiglia di Fiano Mariolone passò a parlare di cose serie.

- Dobbiamo rimettere a posto le cose. Penso che siamo stati un po' impulsivi sottovalutando i pericoli e i rischi della nostra iniziativa...

- A proposito – lo interruppi –, scusa ma è importante, ieri pomeriggio ho inviato alla banca la nuova carta d'identità, con un breve messaggio e l'interlocutore, che doveva avere un qualche rapporto di conoscenza o peggio di amicizia con Tommaso, mi ha chiesto cosa ci facessi a Foglianise. Poi ha concluso dicendo "Un sabato ti vengo a trovare".

- E tu? Intervenne, preoccupata, Irina.

- Io niente, non ho più risposto.

- Bene, questo non fa che rafforzare il pensiero che stavo illustrando. Riprese Mario.

- Ho riflettuto a lungo e l'idea secondo me giusta mi è venuta quando abbiamo deciso di rinnovare la carta d'identità. Per mettere tutto a posto basta che tu, Irina, ti sposi.

- Cosa? E con chi? Chiesi subito perplesso, a momenti saltando dalla sedia.

- Con Tommaso. Rispose secco Mario.

Ci guardammo un attimo sorpresi, giusto il tempo per consentire a Mariolone di continuare.

- Fortunatamente tu lavori al Comune e la prossima volta che sarai in servizio all'anagrafe, speriamo lunedì come ormai di consueto, farai uno squillo ad Irina per avvertirla, lei verrà e presenterà la richiesta per le pubblicazioni.

- E lo sposo? Chiese Irina.

- Non è necessario, le dissi io, in questa fase è sufficiente anche soltanto uno dei promessi sposi.

- Infatti – riprese Mariolone –. Trascorso il tempo necessario, il Comune rilascerà l'attestato di avvenuta pubblicazione e fisserà, d'accordo con gli sposi, la data per la cerimonia. Dobbiamo fare in modo che ci sia di nuovo tu, proviamo con un sabato mattina sperando che Botte sia impegnato nel suo solito weekend.

- E i testimoni? Chiesi io.

- Io verrò con la sposa – rispose Mario – e se ne occorre un altro, cosa di cui non sono sicuro, potresti essere tu, se è consentito all'ufficiale di anagrafe o, in alternativa, potresti portare un documento di tua madre ed inseriamo lei.

- E poi? Lo incalzai.

- Diventando la signora Colli, in caso di morte di Tommaso sarai la sua unica erede legittima, senza problemi, sotterfugi e soprattutto, rischi.

- Sì, ma Tommaso...

- È già morto, ma noi lo facciamo resuscitare per il matrimonio e poi, dopo un po' lo faremo morire di nuovo o forse, sparire. Vedremo quale sarà la soluzione migliore al momento.

- Ammesso che tutto vada per il verso giusto, ed i versi sono molti, ci resterà sempre un problema. Obiettai.

- Sì lo so, Umberto, il custode del cimitero, ma è una variabile che al momento non possiamo valutare. Se avesse voluto denunciarci, lo avrebbe già fatto ed anzi più tempo passa e più diventa, in un certo qual modo, complice. Forse ci chiederà qualcosa.

- Un ricatto? Chiese Irina preoccupata.

- Non lo so, stiamo a guardare. Le rispose Mario.

- Se togliessimo il corpo dalla cappella non avrebbe più niente. Dissi io.

- Figurati! Togliere il corpo senza che lui, che praticamente vive nel cimitero se ne accorga è impossibile. E metti che poi effettivamente vada a denunciarci, sai quante tracce troverebbe la scientifica? No, con Umberto siamo incudine e quando sei incudine devi stare fermo. Aspetteremo che sia lui a fare il primo passo, se mai lo farà.

Passammo alle mele stregate, ne feci assaggiare un pezzetto della mia ad Irina che accettò di fare un'eccezione al proprio nuovo regime alimentare perché incuriosita dal nome di quel dolce.

- Ci siamo dimenticati del collega di banca, che facciamo? Chiese Irina preoccupata.

E dopo un attimo di riflessione Mario le disse che se avesse avuto bisogno di soldi avrebbe dovuto prenderli dalla banca di Foglianise, mentre il bancomat del Credito Emiliano non avrebbe dovuto usarlo né lì in paese, né in città vicine tipo Benevento e Napoli. Le disse che anzi sarebbe stato opportuno girare un po' per l'Italia, così da dare l'impressione al collega che Tommaso si stesse effettivamente godendo la pensione.

La serata proseguì serenamente, sembrava che la sicurezza di Mario avesse finalmente dipanato paure e perplessità.

Lunedì mattina Irina venne in Municipio e presentò la richiesta per le pubblicazioni d nozze. All'anagrafe c'ero io. Lasciai la pratica sulla scrivania di Botte che il giorno dopo, rientrato dal suo solito weekend, mi telefonò.

- Ho visto la richiesta di pubblicazioni che hai ricevuto, ma la sposa è straniera. Mi disse.

- Sì, è russa, cambia qualcosa? Gli chiesi.

- E sì che cambia! Serve un nullaosta rilasciato dall'ambasciata del Paese di origine, che attesti che la nubenda non è già sposata.

- E quindi, la pratica è sospesa? Gli chiesi.

- No, no, procediamo con le pubblicazioni, ma al momento del matrimonio sarà necessario che quel certificato sia presentato.

Bisognava andare a Roma all'ambasciata russa.

Scartammo l'ipotesi del treno, perché di treni veloci ce n'erano soltanto uno la mattina per l'andata e soltanto uno il pomeriggio per il ritorno, gli orari non erano comodi mentre i treni interregionali e locali aumentavano a dismisura il tempo di percorrenza. Decisi allora di prendere una giornata di ferie e di andare in macchina.

L'ambasciata russa era in via Nomentana, conoscevo bene la strada perché una cugina di mia madre, Angelina, molti anni prima, appena laureata, con una decisione sorprendente per la famiglia e contrastata per tutta la durata del noviziato, aveva deciso di prendere i voti. Ed ora, dopo aver ricevuto precedenti destinazioni, era stata già da un po' trasferita nel convento delle Orsoline proprio in via Nomentana. Ci ero stato qualche anno prima accompagnando mia madre.

Il convento era una bella costruzione, ad un centinaio di metri da Porta Pia, su quattro piani e con un ampio giardino interno. Era stato per molti anni un collegio femminile al quale famiglie di media e alta borghesia avevano affidato le proprie figlie affinché ricevessero una educazione adeguata. Col passare degli anni il numero delle suore era man mano diminuito, per la crisi delle vocazioni ed era stato necessario integrare il corpo docente con personale esterno. Questa tendenza era andata crescendo facendo lievitare i costi fino a quando la gestione non era diventata passiva e così la scuola era stata chiusa e le camere riconvertite a pensionato universitario prima e successivamente, ma solo in parte, a residenza turistica.

Bussai al cancello carrabile di fianco al portone, mi presentai come il nipote di Madre Costanza, il nome che zia Angelina aveva scelto per la vita monastica, ed entrai nel viale che conduceva al giardino e ad un parcheggio interno.

Madre Costanza ci venne incontro nell'ingresso, aveva una settantina d'anni, ma ne dimostrava almeno dieci in meno. La cosa mi aveva già colpito altre volte inducendomi a pensare che la vita regolare, la tranquillità del posto e la serenità di spirito avevano il loro peso.

Ci abbracciammo e le presentai Irina come una cara amica che doveva sbrigare un affare nei dintorni. Le consegnai la borsa datami da mia madre con un po' bontà paesane e poi lei ci condusse all'interno dell'edificio per offrirci un caffè.

I locali erano alti e molto luminosi e il pavimento di marmo bianco lucidissimo. A metà di un lungo corridoio aprì una porta sulla destra ed entrammo in quello che era stato un salotto di rappresentanza. C'ero già stato, pochi e semplici mobili: un divanetto, due poltroncine in legno, uno scrittoio. Fondamentalmente, la sala era semivuota, un piccolo crocefisso sulla porta e due quadri grandi con figure a tutt'altezza di religiosi, cardinali o forse papi, ma appesi senza cornice.

Irina si guardò intorno e Madre Costanza, colta la sorpresa, le spiegò che l'arredamento non era quello originale perché purtroppo, diversi anni addietro, dei ladri erano entrati forzando la porta dalla quale eravamo entrati noi, quella che dava sul giardino, avevano parcheggiato un camion a ridosso del muro esterno e arrampicandosi sul cassone dello stesso erano riusciti facilmente a scavalcare il muro. Una volta dentro, con tutta calma e in assoluto silenzio, avevano rubato tutti i mobili antichi di quel piano scegliendo le cose di valore e lasciando quelle che non ne avevano.

- Ecco il perché dei quadri senza cornice – disse la suora –, le cornici erano preziose, non anche le tele. Ci accorgemmo di tutto la domenica mattina, quando di buon ora scendemmo dalle camere per recarci in cappella per la preghiera del mattino. Nulla è stato più ritrovato ed il bilancio del convento non ci ha consentito di comprare nuovi arredi.

Lo disse con la stessa tristezza e rassegnazione che avevo sentito quando lo aveva raccontato a me, e, come allora, me ne dispiacqui.

Dopo il caffè ci accompagnò al portone d'ingresso ed andammo. L'avremmo salutata al ritorno, quando saremmo tornati a prendere l'auto.

- Molto bello – commentò Irina –, invidio le persone che hanno potuto studiare qui, nel centro di Roma, in un posto pieno di serenità. Un privilegio.

Arrivammo in pochi minuti all'ambasciata, l'accesso agli uffici per il pubblico era da un ingresso laterale dell'edificio. Entrammo in una stanza con tre sportelli, su due dei quali c'era la scritta "visti" ed alcune persone in fila, mentre in corrispondenza del terzo c'era scritto "altre pratiche" e non c'era nessuno. Irina si rivolse in russo all'impiegato di quest'ultimo sportello, scambiarono poche parole e l'uomo le porse due fogli. Irina restò un attimo titubante poi parlò di nuovo all'uomo e ne seguì una conversazione di qualche minuto alla fine della quale Irina si accomiatò e l'impiegato, dopo averla salutata, rivolgendosi a me, in italiano, mi disse, sorridente, "Auguri".

- Gli ho detto del matrimonio, ed ha creduto che lo sposo fossi tu. Mi disse sorridendo.

- Ah! E per il resto? Le chiesi.

- Ho qui un modulo da compilare cui vanno allegati una copia del passaporto per l'estero ed una di quello per l'interno, una copia del documento del futuro marito ed un certificato di nascita, che non ho.

- Non possiamo richiederlo?
- Non è tanto semplice, lo rilasciano nel luogo di nascita ed io lì non ho più nessuno.
- Non ci sono agenzie che possono farlo per te?
- Sì, esiste una specie di agenzia. L'impiegato mi ha consigliato di rivolgermi ad uno dei conducenti di quei pulmini che fanno la spola con i paesi dell'Est, portano persone, cose e fanno anche commissioni. Dobbiamo trovarne uno russo e questo dovrebbe essere il sistema più semplice. In venti giorni, forse un mese, dovrei avere il documento, poi potrò allegarlo al modulo ed inviarlo per posta all'ambasciata. Dovrebbero poi inviarmi il nullaosta a domicilio.
- Ok e dove troviamo il tipo del pulmino?
- Arrivano nel fine settimana. Per andare sul sicuro andrò a Napoli domenica mattina, in piazza Degli Artisti sono certa che troverò un russo.
- Se ti fa piacere ti accompagnerò.
- No, grazie, credo che saresti fuori luogo. Sarà meglio che vada da sola. Mi disse.
- Va bene, poi ne riparliamo, ora facciamo due passi, troviamo una banca così prelevi con il bancomat del Credito Emiliano, seguendo il piano di Mariolone.
Passeggiammo in Via Delle Quattro Fontane e Irina confessò che Roma era la sua città ideale, per il clima, il verde, le grandi strade, l'atmosfera che respira dovunque e per la storia, la storia ad ogni angolo, la storia che ti circonda.
Nel pomeriggio tornammo al convento, salutammo la zia e ripartimmo.

I pulmini di collegamento con la Russia, arrivavano a Napoli ogni domenica, ma lo stesso autista ritornava solo ogni mese. Quello con cui parlò Irina chiese, per il certificato, cinquanta Euro con consegna ad un mese oppure cento Euro per averlo in quindici giorni, con un altro autista che sarebbe partito da Mosca la settimana successiva. Irina scelse la consegna veloce, diede tutti i dati all'uomo con cinquanta Euro di acconto. Tornò dopo due domeniche ed ebbe il suo certificato.

Nel frattempo le pubblicazioni erano state fatte e quindi, dovevamo solo decidere la data del matrimonio.

- Perché non dici a Botte che sono tuoi amici e vuoi sposarli tu? Propose Mariolone mentre riflettevamo sulla data giusta. Oppure – continuò – stabiliamo per un lunedì e se poi Botte dovesse venire in ufficio, telefoniamo è rimandiamo.

- Botte è un tipo strano – gli dissi –, il fatto che andrà in pensione alla fine dell'anno dovrebbe farlo stare tranquillo, con un po' di giusto menefreghismo e invece, sembra avercela con tutti, vede nemici dappertutto, è super diffidente. Non posso chiedergli niente. Quando poi non viene il lunedì, non lo fa per lui, ma per fare un dispetto all'ufficio ed il fatto che io lo sostituisca, evitando problemi allo sportello, credo che lo infastidisca. Secondo me mi considera una specie di crumiro! Non possiamo contare per certo su un lunedì, perché se poi arriva e noi rimandiamo il matrimonio, in questa mania di persecuzione che lo pervade, si insospettirebbe di certo.

- E allora? Mi chiese Mario.

- Allora aspettiamo. Ha ancora parecchi giorni di ferie, una volta le amministrazioni li inserivano in busta paga con la voce "ferie non godute", ora non è più possibile, ma lui dice che è amico del sindaco e che gli farà questo piacere. Secondo me è impossibile e così, quando gli diranno che non si può fare, si incazzerà di brutto e non verrà a lavoro per un bel po'. Quello sarà il nostro momento.

Passarono i giorni e Botte cominciò ad andare dal sindaco per la sua richiesta. Lo fece per diversi giorni, tornando ogni volta sempre più polemico ed arrabbiato fino a quando, intorno alla metà del mese, infuriato, entrò in ufficio, prese la sua borsa, sbatté un cassetto e dicendo "Sto stronzo mi ha rotto proprio!" se ne uscì senza neanche salutare.

Quel pomeriggio entrai in agenzia e la prima cosa che dissi entrando fu: - Penso che Botte non verrà più fino alla pensione.

- Finalmente! – esclamò Mario – Allora facciamolo sabato, così ci togliamo il pensiero. A che ora vogliamo fare?

- Sabato c'è il mercato e come al solito ci sarà molta gente in giro, per cui o lo facciamo di primissima mattina oppure intorno alle tredici. Se lo fissiamo per le otto e trenta, l'usciere arriverà alle otto, come tutte le mattine aprirà il cancello, accenderà le luci nel salone e andrà al bar per il caffè. Lì darà una scorsa al giornale e come sempre, tornerà intorno alle otto e trenta. Se invece lo fissiamo per l'una, più tardi non è possibile, l'usciere ci starà tra i piedi per chiudere velocemente tutto e andarsene a casa non appena avremo finito.

- Quindi non c'è scelta – disse Mariolone –. Fissiamo per le otto e trenta, tu andrai alle otto e se l'usciere dovesse meravigliarsi, gli dirai che è il tuo primo matrimonio e che hai bisogno di riguardare la procedura. Quando sarà uscito, compilerai velocemente i registri e li firmerai. Poi tirerai fuori dalla borsa un paio di bomboniere ed un po' di confetti e li metterai in evidenza sulla scrivania. Già che ti trovi vaporizzi anche un po' di profumo di Irina e quando l'usciere ritorna, gli dici che gli sposi sono arrivati in anticipo e che andavano di fretta perché dovevano prendere il treno per Roma da Benevento e che hai dovuto fare tutto velocemente... "Lui un po' anzianotto, ma lei bella, veramente una bella donna. Ecco, vedi, hanno lasciato dei confetti anche per te..."

- E tu? Ed Irina?

- Noi non serviamo, anzi potremmo essere d'impaccio. Io ci sarò comunque. Arriverò alle otto con te, ma resterò nel bar a sorvegliare e se dovesse essercene bisogno mi inventerò qualcosa per coprirti. Irina ci aspetterà a casa. Risparmiamole questo stress. Poi dobbiamo organizzare un viaggio di nozze. Anche breve...

- Ma... – provai ad obiettare –.

- Niente ma – disse –. Pensaci, se poi decidessimo di far sparire Tommaso, potrebbero fare qualche indagine e una coppia appena sposata deve lasciare qualche traccia... Un treno... Un albergo, insomma, qualcosa.

- E allora?

- Facciamo così: io prendo due biglietti per Roma, li compro sul sito di Trenitalia dove è obbligatorio indicare il nome del passeggero, uno per Irina ed uno per Tommaso e poi altri due biglietti per il sabato successivo da Roma a Firenze ed infine, due di ritorno da Firenze dopo altri sette giorni. Prenoto poi in due alberghi centrali molto grandi, di quelli nei quali, una volta fatto il check-in, nessuno ti pensa più e puoi entrare ed uscire senza problemi. Tu prendi la carta d'identità di Tommaso, rimuovi il sapone che avevi messo prima del timbro, sostituisci la foto di Tommaso con una tua, ci rimetti il sapone e domani in ufficio, ci rimetti il timbro del Comune. Dopo il matrimonio parti con Irina, la accompagni in albergo, presenti il documento e ti fai registrare. Più tardi o il giorno dopo riparti e torni qui. Il sabato seguente la raggiungo io, dopo aver cambiato nuovamente la foto sul documento di Tommaso, mettendo la mia. Partiamo da Roma ed arriviamo a Firenze dove farò io la parte del marito e ritornerò qui. Infine, il sabato seguente, la raggiungi di nuovo tu, prendete il treno e tornate insieme.

- Ma la data di nascita?

- In genere ci si sofferma solo sulla foto, ma all'arrivo in albergo lascia che Irina vada alla reception mentre tu resti fermo ad una certa distanza in modo che possano vedere che ci sei, ma senza poterti distinguere compiutamente. Fai finta di parlare al telefono animatamente. Irina consegnerà il suo documento e poi verrà verso di te per prendere il tuo, vedrai che andrà benone.

Sabato alle otto meno cinque ero all'ingresso del municipio. Mariolone era andato a sedersi in piazza in modo da poter tenere d'occhio sia me che il bar. Dopo qualche minuto arrivò l'usciere.

- Dottore è già qui? E come è elegante. Mi disse.

- Volevo essere sicuro di arrivare prima degli sposi. È il mio primo matrimonio ed in effetti sì, sono elegante, ma io rappresento il sindaco... Giacca e cravatta sono d'obbligo.

- In effetti, sì. Ora apro. Disse.

- Sì, grazie, ma poi vai pure a fare le tue cose, non credo ci sia bisogno di altro.

- Allora vado a prendere un caffè, lo porto anche a voi?

- No, grazie, ho già fatto, ma se permetti, offro io, fai mettere sul mio conto. Gli dissi.

L'usciere uscì ringraziando, io compilai velocemente il registro degli atti di matrimonio, tirai fuori dalla borsa due bomboniere, dei sacchetti di pizzo bianco chiusi con del nastrino di raso sempre bianco, spruzzai in giro un po' del profumo che usava Irina e spostai qualche sedia. Dopo un po' sentii qualcuno entrare, mi preparai al secondo atto della commedia, ma mi si parò davanti Mariolone, anche lui in giacca e cravatta con l'aggiunta di un fiorellino bianco nell'occhiello della giacca.

- Sono uno dei testimoni, vestito adeguatamente e ho pensato di farti compagnia, non possono essere spariti tutti, la cosa sarà più credibile. Il nostro uomo ha appena lasciato il bar, sarà qui a momenti.

Non feci in tempo a dire niente che sentimmo qualcun'altro entrare.

- Bene – disse Mariolone a voce alta – a questo punto possiamo andare, almeno noi, a prenderci una cosa al bar.

- Dottore sono rientrato! Disse l'usciere.

- Sì Antonio, ma ce ne possiamo anche andare. Gli sposi sono arrivati prestissimo perché hanno il treno alle nove e dieci da Benevento. Abbiamo fatto tutto e sono appena andati via, qui ci sono dei confetti di buon augurio e Mariolone, che ha fatto da testimone, è pronto per offrire qualcosa al bar, se vuoi approfittare.

- No, no, grazie, ho appena fatto. Come se avessi accettato.

- Va bene, allora noi andiamo. Ci vediamo lunedì.

Uscimmo.

- E ora? Gli chiesi.

- Ora andiamo di corsa in stazione.

Mariolone aveva preso due biglietti di prima classe.

Il treno era quasi vuoto e potemmo finalmente rilassarci e parlare liberamente.

- Che situazione surreale, ti rendi conto? Non ho fatto in tempo a sposare Tommaso da vivo, ma ora che lui è morto sono la sua signora. Credi che riusciremo ad uscire dal ginepraio nel quale ci siamo cacciati? Mi sembra che le cose si complichino ogni giorno di più.

- Spero di sì. In effetti ci manca solo l'ultimo gradino... Dobbiamo stare tranquilli. Tu cerca di stare serena e di goderti questa vacanza. Puoi andartene in giro, comprarti degli abiti. Ricordati soltanto le istruzioni di Mariolone: niente colazione in albergo se non servita in camera; nel caso la fai lasciare fuori la porta; prima di uscire ricordati ogni giorno di disfare il letto anche dall'altro lato e di mettere ben in vista il il pigiama stropicciato di tuo marito. Usa accappatoi ed asciugamani per due e ogni tanto lascia anche qualche traccia di schiuma da barba.

All'arrivo in albergo non avemmo problemi, tutto andò come aveva ipotizzato il nostro regista. Ci diedero una bella camera al quarto piano con vista sul Tevere, molto romantica. Il tempo di lasciare le valige e riscendemmo per mangiare qualcosa. La portai dietro piazza San Lorenzo in Lucina, in una trattoria tipica che conoscevo, io mangiai dei classicissimi spaghetti cacio e pepe e per Irina ordinai un piatto di pasta integrale con pomodoro e olive. Una macedonia e altri due passi per un gelato da Giolitti ed ecco che per me si era già fatta l'ora di tornare in stazione. Ci salutammo con il solito bacio sulle guance, ma i nostri sguardi rimasero incrociati per un attimo in più.

- Che c'è? Mi chiese lei.
- Niente, mi piacerebbe restare – le dissi guardandola ancora negli occhi.
- Abbiamo bisogno di fare chiarezza. Siamo amici, ho piacere di stare con te e ti voglio bene – mi disse –, ma, come dire, mi considero una tua... Cugina più grande. Insomma... Prendendo spunto dal Simposio, non credo che

siamo l'uno la giusta metà dell'altra e se anche tu la pensi come me, resta pure.

Restai.

Fu un bellissimo pomeriggio, in centro, tra le strade dello shopping. Entrammo in diversi negozi per curiosare ed in uno che vendeva solo cravatte, di ogni tessuto e disegno, Irina volle comprarne, a suo gusto, una per me ed una per Mariolone.

- Siamo in viaggio di nozze e compriamo qualche regalo ai parenti ed agli amici più stretti. Mi disse sorridendo.

Più tardi andammo al cinema e alla fine, dopo aver cenato con uno spicchio di pizza per strada, tornammo in albergo.

Sul tavolinetto della camera c'era una bottiglia di champagne, pensammo ad un omaggio dell'hotel agli sposi, poi leggemmo il biglietto dattiloscritto che la accompagnava: "Ero venuto a prenderti in stazione, ma hai fatto <u>sicuramente</u> meglio a rimanere."

Ridemmo, brindammo e ci ritrovammo a parlare, in un'atmosfera di complicità, di Mariolone, del suo carattere, del suo modo di intendere la vita e soprattutto, delle sue donne.

Feci per primo la doccia, tornai in camera e mi infilai sotto le lenzuola, accesi la televisione cercando un notiziario sportivo. Mentre ascoltavo i risultati del calcio rientrò Irina, preceduta da una nuvola di profumo.

Era bellissima, in un pigiama leggero che le si modellava addosso. Deglutii e lei lo notò.

- Dai, non farmi ridere, non è leale! Disse sorridendo mentre si ricopriva con il lenzuolo.

- Perché sei rimasto?

- Vuoi tutta la storia o ti basta un riassunto?

- Basta l'essenziale.

- Sarei rimasto in ogni caso, ma quando hai detto che potevo considerarti una cugina più grande, figurati se andavo via.
- Non capisco.
- ... Ho una sola cugina, di un anno più piccola. Ora siamo molto uniti, ma da adolescenti eravamo davvero inseparabili. Insieme abbiamo fatto le nostre prime esperienze... Come dire... Con l'altro sesso.
- Che porco! Disse sorridendo e mi baciò.

Il giorno dopo mi svegliai affamato, affamato ma compiaciuto, molto compiaciuto. Era stata una grande notte, non per le eccezionali e molteplici prestazioni, frenate da quello stesso alcool che le aveva inizialmente facilitate, ma per il fatto in sé. Per la conquista. Irina era in bagno ed io me ne stavo sul letto ripensando all'accaduto con lo sguardo perso nel soffitto.
Uscì dal bagno in accappatoio e mi tirai su per guardarla.
- Buongiorno amore. Le dissi sbilanciandomi.
- Ehi, cuginetto, vedo che hai ancora importanti residui di alcool nel cervello, non essere stupido. A proposito di alcool, siamo sicuri che lo champagne lo aveva ordinato Mariolone?
- Sì e gliene sarò eternamente grato. Per il resto – precisai – ti ho chiamato amore in ossequio al nostro stato di freschi sposini in luna di miele. Sono un grande attore, devi ammetterlo.
- Sì, ma non sprecarti senza pubblico. A che ora hai il treno?
- Alle tredici e cinquanta, c'è un sacco di tempo. Dissi ammiccante.
- Sì, ma non dirlo con quel tono.
L'aria s'era fatta piuttosto tesa e così presi a canticchiare "Go no more a-roving".

- Cos'è, una ballata?
- Più o meno, non la conosci?
- No, che dice?
- Secondo me parla un po' di noi. Forse la mia traduzione non è perfetta, ma dice che sebbene la notte sia stata creata per amare e il giorno ritorni troppo presto, noi non andremo più a vagabondare al chiaro della luna.
- Malinconica. Di chi è?
-Cohen.
-Non conosco.
-Grave, molto grave. Un grande poeta, un grande cantautore, un uomo che ho sempre preso a modello per la vita che ha vissuto. Strano che non lo conosci, forse non lo associ alla sua canzone più famosa "Suzanne".
- Quella di De Andrè?
- Sì, quella! È stata cantata da De Andrè, da Philip Collins e da molti altri artisti. Si raccontano delle storie su questa canzone. Le dissi.
Irina si sedette sul letto.
- "Suzanne" è la canzone più famosa di Cohen, ma la cosa assurda è che lui non ne detiene i diritti. Raccontò, infatti, una volta che fortunatamente i diritti d'autore gli erano stati rubati, non sarebbe stato conforme alla sua visione della vita essere riuscito a scrivere una canzone così bella e avere anche l'abilità di guadagnarci. Cohen disse che era felice per l'amico che gli aveva messo davanti un foglio chiedendogli di firmarlo. Disse che gli chiese cosa fosse quel foglio e che lui gli rispose che non era niente, soltanto un contratto standard di cessione di proprietà intellettuale. Cohen lo firmò e l'amico sparì.
Irina sorrise.
- Era una poesia, una poesia che piacque così tanto a Judy Collins che pregò Cohen di farne una canzone. Parla di

Suzanne, compagna di un amico, che Cohen frequentò per un certo tempo in un rapporto di amicizia, di affinità elettiva e con l'inconfessato desiderio di un rapporto sessuale che però non ci fu mai.

- Vedi, prendi spunto. Disse Irina arruffandomi i capelli.

Mi girai verso di lei e mi ci trovai sopra, l'accappatoio era ancora umido e lei profumava di buono.

Arrivai al treno appena in tempo, eravamo rimasti in camera tutta la mattinata e avevamo fatto l'amore più volte, l'ultima sotto la doccia, mentre un cameriere ci lasciava sul tavolinetto un vassoio con il pranzo.

Sarei rimasto lì per sempre, ma Irina mi riportò con i piedi per terra.

- Tu vai a lavorare e le nostre vite riprendono da ieri sera. Non metterti strane idee in testa, ricorda quello che ti ho detto, non siamo le nostre metà.

Mi accompagnò in taxi alla stazione e mi salutò con un bacio sulla guancia.

Che week end! Pensai.

Lunedì mattina, non ero ancora tornato completamente alla realtà, che, arrivando al bar centrale per il solito caffè, trovai Mariolone ad aspettarmi. Lo sguardo ironico che aveva mentre mi chiedeva come fosse andata lasciava chiaramente intendere che volesse sapere di Irina, ma io non cedetti alla tentazione.

- Il viaggio è stato tranquillo e comodo, l'albergo era decente, ma non eccezionale, il tempo è stato buono e...

- E che cacchio dici? Brutto stronzo dimmi il resto! Parlami delle cose serie che ti vedo ancora tutto strapazzato!

Scoppiai a ridere.

- Tutto bene Mario, più che bene! Io la amo, anzi, io l'ho sempre amata.
- Ma finiscila di dire fregnacce e raccontami i dettagli.
Prendemmo il caffè insieme e poi mi accompagnò in ufficio mentre con attenzione ascoltava il resoconto, sommario, ma esauriente, dell'accaduto.
- Eh bravo al cuginetto! Però lei è una ragazza in gamba e lo sapevamo, tu le sei simpatico, si è lasciata andare, ma non pensare all'amore. Del resto te l'ha detto onestamente e chiaramente per cui mettiti tranquillo, se ti ricapita bene, altrimenti, pazienza. Non perderti in sogni irrealizzabili. Ci vediamo stasera.
Ci salutammo e se ne andò, mentre io entravo in ufficio.

Sentivo Irina almeno due volte al giorno, la mattina, quando mi informava del suo programma della giornata ed in serata per il resoconto. Era tranquilla, ma non entusiasta. Passarono così tre giorni fino a quando giovedì, nel primo pomeriggio, mi telefonò eccitatissima.
- Mi è successa una cosa straordinaria!
- Cosa? Dimmi! Le risposi.
- Ti avevo detto che avrei rifatto un giro in centro per negozi e sono entrata un po' dappertutto; poi mi sono trovata davanti a Louis Vuitton e sono entrata. Mentre davo uno sguardo alle cose in esposizione mi si è avvicinata una commessa e con una bella voce, bassa ed emozionata, mi ha chiesto in russo se mi chiamassi Irina. Io sono rimasta un attimo senza parole e lei mi ha detto che non l'avevo riconosciuta perché effettivamente erano passati tanti anni e tanta Storia. Era Luma! Luma Tsareva! Capisci? L'ho abbracciata fortissimo! È stata mia compagna di scuola. Eravamo in classi diverse, ma nella stessa scuola. Abitava poco distante da casa mia, incredibile! Te lo racconto e

ancora mi emoziono. Non abbiamo potuto dilungarci perché stava lavorando, ma ci siamo date appuntamento per questa sera, dopo la fine del suo turno.

- Cavolo! Sono contento per te – le dissi –, ti sento su di giri come mai fino ad ora. Passa una bella serata, ma ricordati sempre di essere prudente!

- Sì, sì, non preoccuparti. Un bacio. E attaccò.

Rimasi qualche attimo a pensare al mistero della sua vita in Russia e a quando avevo cercato di saperne qualcosa.

Il giorno dopo ero all'ufficio anagrafe e raccolsi la denuncia di morte di Mario Porcuro. Telefonai a Mariolone che già ne era al corrente e stava predisponendo la cerimonia funebre per il sabato pomeriggio, io non avrei partecipato, alle dieci sarei dovuto partire per la seconda tappa del viaggio di nozze.

L'incontro con Luma doveva essere stato particolarmente felice, si erano riviste anche il venerdì e quando incontrai Irina, fuori l'albergo, come convenuto, era radiosa.

Continuò a parlare della sua amica mentre sottobraccio salivamo in camera per prendere le valige.

Nella hall, io aspettai distante con i bagagli e lei riconsegnò le chiavi e saldò il conto. All'uscita ci trovammo di fronte questa Venere bionda che avrebbe scosso anche Mariolone.

Si abbracciarono.

- Volevo salutarti ancora e conoscere il tuo amico.

Abbracciò anche me.

- Ero curiosa, ne hai parlato tanto. Disse.

Ebbi appena il tempo di riprendermi.

- Ha parlato tanto anche di te. Replicai timidamente.

Passarono al russo e non capii più niente.

Luma ogni tanto mi guardava per cui pensai che anch'io fossi oggetto delle loro parole.

Arrivò il taxi. Salutammo di nuovo Luma e filammo in stazione.

Sul treno Irina rimase un po' persa nei suoi pensieri. Tornò in sé soltanto nel vagone ristorante, ma la cosa non durò a lungo. Mi sembrò stanca e triste.

Il taxi ci portò all'albergo "Primo Duca", un quattro stelle in una parallela del lungarno, con l'ingresso in una graziosa piazzetta. Osservammo la tecnica già collaudata e così io mi fermai con i bagagli un po' distante dalla reception, impegnato nella solita concitata falsa telefonata, Irina, invece, diede i documenti e prese le chiavi.

Portammo su i bagagli e tornammo in strada.

- Ho bisogno di camminare, stare fuori, distrarmi un po'. Mi disse.

Facemmo un lunga passeggiata in centro e lei si mise al mio braccio.

A Ponte Vecchio c'era così tanta gente che per non perderci mi prese per mano. Ci sedemmo poi fuori ad un bar. Secondo il programma iniziale di Mariolone, per me era quasi ora di andare, ma visti gli sviluppi del fine settimana precedente, anche questa volta speravo di trattenermi il più a lungo possibile.

- Scusami, oggi sono stata di pessima compagnia – mi disse –, ma anche se sono silenziosa, non ho voglia di stare da sola. Non puoi restare? Ti prego.

- Beh – risposi –, in realtà non pensavo di restare... Ho alcune cose da fare, ma per caso, in borsa, mi trovo una camicia di ricambio, un pigiama e lo spazzolino. Casualmente ho poi preso anche una mezza giornata di ferie... Non pensavo di trascorrerla qui, ma visto che ci sono...

Non riuscii a finire che lei mi abbracciò e mi baciò appassionatamente.

- Caro, caro Andrea. Grazie! Grazie!

Mi prese la mano e me la riempì di baci.

Tornammo lentamente in albergo, mano nella mano e ognuno immerso nei suoi pensieri, Irina probabilmente ricordava qualcosa del passato, io, invece, ero proiettato all'immediato futuro.

La camera dell'albergo era molto semplice, un armadio incassato sulla sinistra appena dopo la porta e di fronte, il bagno, un letto matrimoniale e dall'altro lato, un piano in legno delimitato dal mini bar e da un poggia valigie. Sul piano, in posizione centrale, c'era il necessario per scrivere e alcune istruzioni dell'albergo. Le solite cose. Una poltroncina con la seduta infilata sotto il piano di legno ed una tv poggiata sul frigobar completavano il tutto.

I due giorni passarono in fretta, non fu il weekend d'amore e passione che avevo sperato. Irina era spesso sovrappensiero ed io non riuscivo a distrarla. Facemmo l'amore velocemente il sabato sera e con passione e intensità, solo il lunedì mattina prima di lasciare la camera. In compenso, passeggiammo a lungo, facemmo il classico giro turistico dei principali musei e monumenti, mangiammo bene in due posti diversi consigliatici dal cameriere che ci portava al mattino la colazione in camera ed andammo al cinema.

Sul treno cambiammo posto per avere un po' più di privacy e cominciammo a parlare del futuro. Irina mi chiese cosa avrei fatto ed io protestai dicendole che quella domanda era la mia.

- Non parlo dell'immediato – replicò –, ma di un futuro compiuto. Continuerai a vivere a Foglianise?

- Per ora credo di sì – risposi –. Sicuramente non è la dimensione a cui aspiravo ed aspiro e alcune volte mi pesa, ma devo ancora fare chiarezza in me. E tu, invece?

- La mia condizione è di nuovo cambiata velocemente. La prima volta, un po' di anni fa, la mia famiglia si ritrovò, quasi dall'oggi al domani, in uno stato di povertà impensabile. Oggi, una serie di coincidenze, Tommaso prima e la sua morte poi, tu e Mario, la vostra gestione delle cose, mi riportano in uno stato più che agiato... Molto più di quanto potessi sperare.

- E quindi? Insistei.

- Non lo so. L'incontro con Luma mi ha riportato indietro nel tempo e mi ha risvegliato una nostalgia che credevo di non avere più. La mia vita è sicuramente qui in Italia, ma credo che non appena mi sarà possibile tornerò a dare uno sguardo al mio passato.

Arrivammo a Roma Termini.

Irina aveva, dopo quindici minuti, una coincidenza per Sperlonga, io, invece, avrei aspettato una cinquantina di minuti un Roma-Lecce con seconda fermata a Benevento.

La accompagnai velocemente al binario e poi in carrozza.

Le sistemai il bagaglio. C'era poca gente.

Ci guardammo un po' negli occhi, ci baciammo e scesi al fischio del capotreno.

Arrivai a Foglianise poco dopo le quindici. Durante il viaggio avevo ripensato agli ultimi due giorni e avevo provato a farne un bilancio, ma non riuscivo a capire se era positivo o negativo.

A casa trovai i miei impegnati in una partita a carte, giocavano a Burraco da quando, l'anno precedente, erano stati due settimane in un villaggio in Puglia. Erano tornati con la mania di questo gioco. Mi dissero che Mariolone era passato un paio di volte. Questo poteva significare soltanto due cose, che doveva esserci qualcosa di urgente e che ora sapeva che ero rimasto a Firenze.

Mi ripresi un attimo e corsi in agenzia.

- Novità? Chiesi entrando.
- Su tutti i fronti – mi rispose Mario –. Quello foglianisano e quello fiorentino! Incomincia tu! Se ho capito bene, ci sono buone nuove... Hai fatto un weekend lungo, cose non troppo serie spero.
- Irina era un po' in crisi, mi ha chiesto di restare e così sono rimasto.
- Buon samaritano! Almeno, se le cose non vanno a posto come speriamo, potremo dire che tutto questo casino è comunque servito a qualcosa!
- No, non hai capito Mario, io sono proprio innamorato!
- Lasciamo perdere. Disse.
- Sì, meglio lasciar perdere. E le tue novità, invece?
- Umberto, il guardiano, sabato, dopo la tumulazione, mi si è avvicinato "Dottò" mi fa, "vi devo chiedere un piacere". Io gli ho detto di chiedere e che se avessi potuto lo avrei aiutato volentieri. Lui mi ha detto che avrei potuto aiutarlo, ma che quello non era il momento giusto. Ha detto che poi si sarebbe fatto vivo.
- E tu?
- Niente, che vuoi che facessi?
- Mah! È sempre enigmatico.
- Sì, ma non è ostile e questa già è una cosa. Poi vedremo cosa vuole. Ora andiamo a mangiarci qualcosa così mi racconti i nuovi dettagli. Mi disse.

La "visita" di Umberto venne di mercoledì.
Stavamo facendo un po' di conti, compiacendoci del fatto che le cose stavano andando piuttosto bene e guardare i risultati ci dava energia.
Mariolone stava contrattando per una cappella gentilizia nel cimitero di Benevento, sarebbe costata una cifra, ma poteva essere una grande opportunità per inserirsi nel

capoluogo. Avevamo comunque ancora dei dubbi, soprattutto perché non era la nostra "zona" e avremmo potuto avere dei fastidi.

Mentre discutevamo appunto di queste cose, entrò, quasi di corsa, Umberto, il custode.

- È permesso? Scusate il disturbo. Disse.

Si fermò, forse aspettando che gli dicessimo di entrare e di accomodarsi, ma noi eravamo così sorpresi che restammo in silenzio qualche attimo di troppo. Poi Mariolone reagì.

- Ma certo! Nessun disturbo, Umberto, accomodatevi. Gli disse.

Umberto prese posto di fianco a me, davanti alla scrivania di Mariolone.

- Voi mi dovete scusare per l'improvvisata, ma sono di poche parole e vengo subito al dunque. Vengo semplicemente a dirvi che secondo me voi avete fatto una buona azione... Buona, perché le persone non erano di qua e non credo che voi abbiate avuto un qualsiasi interesse nel fatto. Io vi ho visto la mattina presto arrivare con la macchina, entrare nel cimitero eccetera. Ho capito subito. Ho capito subito tutto perché anche io ci avevo pensato tante volte come si pensa ad una cosa rischiosa, ma possibile.

- E come mai? Gli chiese Mariolone che per fortuna si era già ripreso e ragionava mentre io ero ancora stordito da quelle rivelazioni.

- Il mio vecchio aiutante – rispose Umberto –, Gennaro Terracciano, è un brav'uomo, lavoratore e di cuore, ma non è tanto fortunato. Aveva un piccolo podere lasciatogli dal padre, con il quale, lavorando sodo, andava avanti. Un po' prima dei trent'anni, dopo un breve fidanzamento, si sposò con una brava ragazza di San Potito. Quei due erano una bella coppia, giovani, forti e misurati e tutti pensavano che sarebbero stati felici. Dopo qualche anno di matrimonio però, vedendo che non arrivavano figli, cominciarono a cercarne la causa. Andarono da più specialisti, affrontando non poche spese e provando vari rimedi. Alla fine arrivarono da un professore di Roma che a lei prescrisse una cura ormonale. Non so se a causa della cura o se fu semplicemente il destino, ma la ragazza non rimase incinta e sviluppò, invece, un brutto male allo stomaco. Fu necessaria un'operazione urgente e Gennaro portò la moglie in una casa di cura di Napoli, dove c'era un chirurgo specializzato in quelle cose. Prima dell'intervento gli chiesero il pagamento e Gennaro che aveva già qualche debito, fu costretto ad ipotecare la proprietà per avere un prestito dalla banca. Dopo l'intervento la ragazza visse, con un solo pezzetto di stomaco, altri due anni. Inizialmente sembrava si stesse riprendendo, ma poi iniziò un lento ma costante peggioramento che la ridusse pelle e ossa, come gli ebrei dei campi di concentramento. Alla fine morì. Quella ragazza si portò via la felicità di Gennaro e pure la sua piccola proprietà. Il sindaco dell'epoca, il dott. Brocchieri, buonanima, ne ebbe pietà e lo fece assumere ai servizi cimiteriali. Continuò a frequentarsi con una cugina della moglie, Mariella e dopo qualche tempo andarono a vivere insieme. Non hanno avuto figli e Gennaro non ha mai voluto risposarsi, ma Mariella è stata, per oltre trent'anni, una moglie a tutti gli effetti. Ora, e vengo, finalmente, al dunque, Gennaro è da anni malato, le sue condizioni sono molto peggiorate e dalla scorsa settimana è in ospedale a Benevento. Non c'è più molto da fare e il medico ha avvertito Mariella di prepararsi al peggio. Che fine farà Mariella? Penso che quello che avete già fatto si potrebbe rifare, sarebbe solo una buona azione. No?

Avevo ascoltato con attenzione e sorpresa. Non era per niente ciò che mi aspettavo di sentire ed il mio pregiudizio nei confronti di quell'uomo cadde immediatamente.

Mariolone, dopo alcuni attimi, si alzò e camminando per la stanza replicò: - Apprezzo il fine, ma la cosa è impossibile. Non si può fare. E prima che Umberto ribattesse, continuò:

- Abbiamo fatto quello che abbiamo fatto in un momento, definiamolo, di "follia adolescenziale", come quattordicenni che pensano di poter combattere le ingiustizie, vincere e cambiare il mondo. Mi capita spesso di trovarmi a riflettere su come possa essere stato possibile, razionalmente, mettere in piedi questa storia e a momenti non riesco a darmi una risposta. La cosa è grave e potrebbe avere conseguenze tali da cambiare radicalmente le nostre vite. Fortunatamente, la conoscenza è ristretta, contando te, a quattro persone, ma se collaborassimo con te per seppellire Gennaro, anche qui sicuri di fare una buona azione, la cerchia si allargherebbe a Mariella, che non conosco per niente e non so se è affidabile e poi forse ad altri, amici o parenti che potrebbero chiedere notizie alla moglie.

-No, no, dottore – intervenne Umberto – nessuno, Gennaro non ha nessuno, non frequenta nessuno da anni ed anni. Non è mai andato neanche al bar da quando lo conosco, non gli ho potuto mai offrire neanche un caffè. La moglie ha solo una sorella che vive a Pontelandolfo e con la quale non ha un rapporto stretto. Fino a quattro, cinque anni fa si vedevano una o due volte l'anno, ma poi, non so quale questione è nata tra loro, hanno smesso di frequentarsi.

- E l'ospedale? Chiese Mario.

- Quando sarà il momento, prima che muoia, lo porteremo a casa. Ribatté pronto Umberto.

- Sì, ma come escludere che qualcun altro possa vederci come è capitato a te con noi la prima volta? Possiamo poi avviarci su questa strada dell'industria della scomparsa? Quanti casi simili, quanti casi pietosi, quante necessità di altri ci sono in giro?

- È vero dottor Mario – disse Umberto –, è tutto vero, ma io devo farlo e poi, che differenza c'è tra uno o due?

- Hai mai sentito parlare di recidiva? Se fai una cosa penale e ti prendono hai la condizionale, se la rifai, vai sicuro in galera. La differenza tra uno e due in questo caso è sostanziale.

- Perché due? Fermiamoci ad uno. Uno basta e avanza. Dissi io.

- È quello che sto dicendo! Esclamò Mariolone.

- No, non diciamo la stessa cosa. Io sono d'accordo con Umberto e vorrei aiutare Mariella. Sarò forse adolescenziale, ma vorrei farlo. Non voglio però complicare ulteriormente la nostra situazione per cui vorrei fermarmi ad uno scomparso.

Mi guardarono con occhi interrogativi. Non ero stato chiaro abbastanza.

- Dico, semplicemente, di far morire ufficialmente Tommaso e di fargli un bel funerale ed automaticamente andrà tutto a posto. Ci basta portare il corpo di Gennaro a casa da Irina e chiamare un medico che non conosca nessuno dei due. Gli facciamo vedere i referti delle visite precedenti di Tommaso che evidenziano i suoi problemi cardiaci ed è fatta. Sistemiamo definitivamente Irina e diamo una mano a Mariella.

Mariolone capì e fu subito d'accordo con me.

- Bravo, mi sembra un'ottima soluzione. Disse.

- Al medico ci penso io – disse Umberto –, lasciando così intendere che per tutto il resto era d'accordo.

- Pensiamoci ancora un po', poi decidiamo – disse ancora Mariolone –, ma il tono non era più quello di prima, non era più di chiusura totale.

Allora io vado – disse Umberto –. Chiamatemi se avete altre idee, altrimenti mi faccio vivo io quando sarà il momento. Grazie, grazie!

Rimasti da soli ci guardammo l'un l'altro stupiti.

- Stiamo facendo un'altra cazzata. Disse Mariolone.

- No, è molto meglio così – replicai –. In questo modo Tommaso muore, Irina eredita e legittimamente potrà disporre di tutto. Eliminiamo i rischi e i pericoli di spostamento dei fondi, di possibili richieste della banca e finalmente, non dovremo più preoccuparci di giustificare l'assenza di Tommaso.

- Sì, forse hai ragione. Anche se tu vedi tutto sempre in funzione dell'interesse di Irina.

Il giorno dopo Umberto venne in municipio e mi portò una fotografia formato tessera di Gennaro.

-È meglio prepararci. Disse.

Avevo la carta di identità di Tommaso nella cartellina con gli altri documenti e cambiai la foto con quella di Gennaro.

Passarono pochi giorni ed ecco che un pomeriggio, eravamo appena arrivati in ufficio, che entrò Umberto.

- Ci siamo, mi hanno appena chiamato dall'ospedale, devo andare subito.

Mariolone fu subito reattivo.

- Non abbiamo tempo da perdere, tu contatta Irina – mi disse –, dille di venire subito. Noi andiamo a casa di Gennaro e organizziamo il resto.

- ... Perché? – replicai –, portiamolo direttamente a casa di Irina, è più logico e meno rischioso che fare due viaggi. Le chiavi le ho io. Ora avverto Irina e vado lì ad aspettarvi.

Chiamai Irina, che era a Sperlonga e non ebbi bisogno di darle spiegazioni. Le dissi di venire immediatamente perché era importante e lei mi disse che se fosse riuscita a prendere il treno delle diciassette, sarebbe arrivata a Benevento alle venti. Mi chiese se sarei potuto andare a prenderla alla stazione e le dissi che sarei andato certamente e che le avrei spiegato tutto da vicino.

Tirai, quindi, fuori l'occorrente per la preparazione delle salme. Alcune volte i parenti ci chiedevano di dare un aspetto migliore al defunto e pensai che quella volta sarebbe stato sicuramente necessario. Misi tutto in una borsa e mi avviai a casa di Irina.

Mi sembrò strano stare lì senza di lei. Mi guardai in giro, guardai i suoi libri. Poi, per ingannare l'attesa, presi una rivista di enigmistica che era su un tavolino e cominciai con le definizioni. Dopo un po', meno di un'ora, sentii entrare una macchina nel vialetto.

Alla guida c'era Umberto e dietro, seduti in poco spazio, c'erano Mariolone e una donna, supposi Mariella, mentre sul sedile del passeggero, reclinato fino a poggiarsi sul divano posteriore, quello che doveva essere Gennaro.

Parcheggiarono vicino alla porta d'ingresso e scesero tutti e tre, la donna in lacrime. Gennaro rantolava, lo tirarono fuori dall'auto e lo portarono di peso in casa, Mariella scostò la coperta e le lenzuola e lo adagiarono sul letto.

Mariella gli si sedette accanto tenendogli la mano.

Gennaro non aveva alcuna reazione e dopo soli pochi minuti il suo rantolo cambiò diminuendo d'intensità. Uscii fuori seguito da Mariolone.

- Notizie da Irina? Mi chiese.

- Arriverà a Benevento intorno alle venti, tra un po' vado a prenderla.

- Spiegale tutto per bene, mi raccomando. Qui non penso che ci sarà molto da aspettare, il suo respiro rallenta secondo dopo secondo. Lo prepareremo io ed Umberto, poi chiameremo il medico. La carta d'identità l'hai portata?
- Sì, sta nella borsa insieme all'occorrente per il trucco. Risposi.
- Bene. Io penso che faremo il funerale domani pomeriggio, dopodiché lo posizioneremo nel loculo in basso a sinistra della cappella.

Arrivai in stazione quasi contemporaneamente al treno. Scesero poche persone ed individuai subito Irina. Ci salutammo con un abbraccio come due vecchi amici.
In auto ci riabbracciammo e baciammo, mi guardò negli occhi e mi chiese come stessi. Le risposi che stavo bene e che a lei non c'era bisogno che glielo chiedessi perché era uno splendore.
- Perché questa fretta? Mi chiese.
- Dobbiamo fare un funerale e dobbiamo farlo subito. Ti ricordi del custode del cimitero e dei nostri timori?
- Sì, che ha fatto? Vuole qualcosa?
- No, si chiama Umberto e si è rivelato una persona migliore di quello che credevamo. Ci ha chiesto di aiutarlo in una cosa un po' rischiosa ovvero fare quello che, più o meno, abbiamo fatto noi con Tommaso. Vuole far sparire un malato terminale – credo stia passando a miglior vita proprio in questi minuti – per consentire alla compagna di continuare a beneficiare della sua piccola pensione, per non lasciarla nell'indigenza più assoluta. Noi, un po' per buoncuore, un po' per calcolo, lo stiamo aiutando e così sistemiamo definitivamente anche la tua questione...

Faremo il funerale di questa persona, Gennaro, dicendo che in realtà si tratta di Tommaso!

- Ma voi siete completamente pazzi! E i parenti? Il medico?

- No, Irina, non ti preoccupare, abbiamo pensato a tutto, i parenti non ci sono e il medico non presterà troppa attenzione. Il medico è persona di Umberto e lui ci ha detto di stare tranquilli. Sono già tutti a casa tua. Scusa, ma non abbiamo avuto il tempo di avvisarti prima di agire e poi per te, questa è la soluzione ideale: diventi ufficialmente la vedova di Tommaso e potrai disporre di tutto il patrimonio, fare quello che vuoi e andare dove credi. E finalmente mettiamo tutto a posto.

Irina ascoltò con attenzione, senza mai interrompermi, si fidava di me e alla fine mi parve convinta.

Arrivammo a casa e Gennaro era morto da poco, Irina abbracciò Mariella e scoppiò in lacrime.

Il medico arrivò dopo le dieci. Entrando si scusò dicendo che veniva da una guardia in ospedale. Toccò il corpo, guardò i referti precedenti e sul verbale di constatazione scrisse "arresto cardiaco". Umberto lo ringraziò e lo riaccompagnò alla porta.

Irina era scossa come se nel letto ci fosse davvero Tommaso.

La abbracciai a lungo.

Nel primo pomeriggio del giorno dopo celebrammo i funerali. Fu detta una messa nella chiesetta all'interno del cimitero per pochi intimi, oltre Marianna parteciparono la madre superiora e una suora.

Lasciammo la bara nella cappella e accompagnai Irina verso l'uscita. Le suore andarono via e Umberto e Mariolone procedettero con la tumulazione, nel loculo di sinistra; posero poi davanti al loculo di destra la lapide con l'iscrizione "Qui riposa Tommaso Colli" e riposizionarono quella senza iscrizione davanti al loculo di sinistra.

Ogni cosa era finalmente al suo posto.

Il giorno dopo andammo a cena con Irina a Montesarchio, non era vicinissimo, ma "L'antica trattoria" era un locale rinomato e la distanza ci avrebbe evitato incontri indesiderati.

Irina non fu particolarmente partecipativa, ci continuò a ringraziare più volte dichiarandosi incerta su ciò che avrebbe fatto. Mi sembrò una cena tra vecchi amici che si ritrovano dopo anni e che non hanno più tanto di cui parlare.

Di ritorno accompagnai prima Mariolone a casa e poi lei. Fuori al cancello mi ringraziò ancora una volta, mi guardò intensamente e mi baciò. Un bacio affettuoso, ma freddo, senza passione, un bacio alla russa, da amici. Scese dall'auto ed entrò senza voltarsi.

Ero rimasto sorpreso e deluso, da me stesso, perché non ero stato in grado di gestire la situazione.

Il mattino dopo passai da lei prestissimo, prima di andare in ufficio, ma la macchina non c'era, tutto era chiuso, era già partita.

Passarono le settimane e poi i mesi, il numero di Irina in tutto quel tempo era rimasto sempre irraggiungibile ed i miei tentativi di contattarla cominciarono a scemare. Anche se non ne parlavamo, sia io sia Mario eravamo un po' delusi da quel suo silenzio. Avevamo ripreso i nostri ritmi, le nostre solite occupazioni, la vita e i pensieri di ogni giorno.

Un martedì mattina uscii dall'ufficio per il solito caffè e trovai Mariolone seduto fuori al bar.

- Ue, ti stavo aspettando. Mi disse.

- Che c'è? Gli chiesi e lui mi porse un foglio.

Era una contabile della banca, la signora Irina Orlova ci aveva bonificato ventimila Euro con causale "in conto maggior debito".

Rimasi un attimo interdetto.

- Ti stai chiedendo perché? – mi chiese Mario – Forse ha voluto farci un regalo per ringraziarci ancora! Forse lo ha fatto per scusarsi di non essersi fatta più viva o forse... Non lo so. La contabile è arrivata stamattina, volevo fartela vedere subito.

- Si sa da dove viene? Gli chiesi.

- No, da una banca italiana comunque, ma potrebbe aver fatto l'operazione online da qualunque parte del mondo. Perché vuoi saperlo?

- Semplice curiosità, niente di che. Le mando un messaggio sul telefono, può darsi che lo accenda di sera, come le avevamo detto di fare per evitare contatti indesiderati.

- Fai pure, ma non aspettarti risposte. Secondo me è andata.

Il giorno dopo arrivò un altro accredito uguale e poi un altro ancora di diecimila Euro. Eravamo arrivati a cinquantamila Euro. Mariolone dedusse che erano disposizioni impartite online e che doveva esserci un limite di sicurezza giornaliero a ventimila Euro. Capimmo che c'era anche un limite mensile quando ricevemmo altri tre pagamenti il mese successivo. Eravamo più imbarazzati che contenti, i miei messaggi rimasero senza risposta è dopo l'ultimo bonifico non mi limitai a ringraziarla, ma la pregai di smettere per non crearci problemi.

La cosa finì lì.

Non avemmo più notizie fino a Natale quando ci arrivò una confezione con caviale, vodka ed una sua fotografia. Era elegante, bella e sorridente e sullo sfondo c'era il Cremlino. C'erano gli auguri e una dedica: "Ai miei cari, santi amici".

Ebbi un attacco di nostalgia ed innamoramento.

L'indomani partii per Roma, pensando che Luma avesse un indirizzo, un numero di telefono russo o un altro modo per contattarla. Entrai da Vuitton e la cercai in giro, una commessa mi si avvicinò e chiesi di lei. Avrebbe fatto il turno pomeridiano e non mancava molto. Uscii fuori. Mi sedetti sugli scalini di piazza di Spagna, sotto un bel sole, era una giornata magnifica. Fattasi ora, tornai verso il negozio ed aspettai l'arrivo di Luma lì fuori.

Mi vide da lontano e si avvicinò sorridendo.

- Ciao cuginetto, come mai sei qui? Disse mentre ci abbracciavamo.

- Indovina? Non so più niente di Irina, non ho un indirizzo, un indirizzo email o un numero di telefono dove contattarla. Puoi aiutarmi?

- Come sei romantico, Irina lo diceva. No, non ho un contatto da darti, ho sentito Irina mesi fa da Suzdal, ma poi niente più. Mi dispiace, se la dovessi risentire glielo dirò, che la stai cercando. Lasciami il tuo numero di cellulare e prendi anche tu il mio. Facemmo così e poi mi salutò velocemente, il suo turno era già iniziato. Me ne andai decisamente deluso, avevo scioccamente riposto troppe speranze in quel viaggio.

Sono passati alcuni anni dall'ultima volta che ho visto Irina e diverse cose sono cambiate nelle nostre vite.

Mariolone ha trovato sulla sua strada una ragazza particolarmente in gamba e si è sposato.

Io frequento da un po' di mesi una collega d'ufficio.

A proposito di ufficio, ora lavoro a tempo indeterminato e dopo le ultime elezioni, spinto dai voti di tanti amici, sono anche assessore al bilancio e ai servizi sociali. I nostri funerali imperfetti non sono finiti, dopo la morte di Gennaro qualcosa è trapelato e in altre situazioni disperate, ci è stato chiesto di intervenire. Abbiamo però cercato di non prenderci ulteriori rischi per cui ci siamo quasi sempre limitati ad accompagnare le persone nella loro scelta di non denunciare la morte all'ufficio anagrafe.

Due inaspettate telefonate, ricevute una settimana fa, hanno però incrinato la quiete e la normalità che stavamo vivendo, forse la monotonia, di questi ultimi anni.

Nella prima Luma mi annunciava un viaggio in Italia di Irina. Sarebbe venuta in luglio. "Vorrebbe vederti" mi disse. Irina era stata nei miei pensieri per tanto tempo, ora l'idea di rivederla mi aveva sorpreso, ma non ci furono emozioni particolari. Dissi a Luma che l'avrei incontrata molto volentieri.

La seconda chiamata arrivò da Roma.

- Dottore, è l'ISTAT, vogliono un responsabile dell'anagrafe. Mi dissero. Presi la chiamata.

- Pronto, ufficio anagrafe.

- Buongiorno sono il dottor Massimo Capurso, dell'istituto centrale di statistica, volevo portare all'attenzione dell'ente e del suo ufficio in particolare una peculiarità riscontrata nell'analisi della vostra popolazione sulla quale vorremmo fare alcuni approfondimenti.

- Mi dica pure. Gli risposi.

- Ecco, le tavole di distribuzione della popolazione, per fasce di età, sesso e stato civile hanno in tutta Italia, lo stesso andamento che provo a spiegarle in maniera semplice. Il numero di uomini e donne fino ai sessanta anni è pressoché identico, poi man mano che l'età aumenta il rapporto diventa sempre più favorevole alle donne, così a ottantacinque anni troviamo tre donne per ogni uomo e a novanta anni il rapporto diventa di cinque donne per ogni uomo. Chiaramente, questo incide anche sul numero delle vedovanze. Mi segue?

Eccome se lo seguivo.

- Sì, certamente, vada pure avanti.

- Bene ed eccoci a noi, Foglianise ed in maniera meno significativa, un altro paesino della provincia di Reggio Calabria, rappresenta una stranissima eccezione a questi dati. Dopo i sessantacinque anni il rapporto tra i sessi non cambia e addirittura a ottantacinque anni c'è una leggera prevalenza degli uomini sulle donne. Ci sono, quindi, più vedovi che vedove, capisce? È stranissimo. Cosa può dirmi in proposito?

- A dire il vero sono sorpreso di questa particolarità, ma non ci trovo nulla di strano. Forse siamo la famosa eccezione che conferma la regola o forse sarà perché i numeri non sono infallibili. Potremmo anzi sfruttare la cosa, ad esempio facendo una campagna pubblicitaria del tipo: "Trasferitevi a Foglianise, la terra in cui gli uomini vivono di più". Cosa ne pensa? Potrebbe funzionare?

- Andiamoci piano – mi disse –, le ho segnalato la cosa per mettere l'ente e l'ufficio a conoscenza, poi, se sarà possibile, faremo altre indagini. Nel frattempo se le viene in mente qualche idea mi contatti. Mi lasciò i suoi recapiti e mi salutò.

Lasciai l'ufficio appena chiuso lo sportello al pubblico e raggiunsi Mariolone al bar, mangiammo un panino mentre gli raccontavo della telefonata.

- Questa è la potenza di calcolo dei computer! Ti rendi conto che fino a pochi anni fa non sarebbe mai potuto succedere. Oggi, invece, in un attimo incroci i dati di tutta una nazione, scendi nel dettaglio e puoi analizzare i dati del più piccolo

Comune ed individuare immediatamente eventuali anomalie. Formidabile!

- Lascia stare questo sterile compiacimento per il progresso e pensa a noi – gli dissi –. Come la mettiamo?

- Hai ragione e l'unica soluzione è che dobbiamo farli morire tutti. Non tutti insieme, certo e non immediatamente, ma un po' alla volta dobbiamo riportare i valori nella norma. Se mi ricordo bene, poi controlliamo, l'Istat elabora i dati solo annualmente, ora siamo a marzo, abbiamo tempo fino a dicembre.

- E le persone che abbiamo aiutato? Come faranno?

- Dobbiamo rivedere tutte le posizioni, forse qualcosa si riesce a salvare. Prendi il caso di Gennaro, possiamo farlo sposare subito con Mariella. Bisogna controllare se ci sono situazioni simili, risolvibili con un semplice matrimonio!

- E poi?

- Poi ci mettiamo tranquilli e pensiamo a qualcos'altro.

Passarono due giorni ed ecco che in ufficio arrivò un'altra telefonata particolare.

- Sì pronto. Risposi dal mio ufficio.

- Buongiorno, sono il vicesindaco del Comune di Cardeto, parlo con il responsabile dell'anagrafe?

- Sì, buongiorno, sono io, mi dica.

- Collega buongiorno, se permetti ti do del tu. Chiamo perché sono stato contattato, giorni fa, dall'Istat a proposito di una anomalia che in qualche modo si presenta solo nei nostri due Comuni. Sei tu che hai parlato con il responsabile dell'istituto, quel tale Capurso?

- Sì, ma oltre a convenire sulla stranezza del fatto non ho potuto aggiungere altro. Gli dissi.

- Bene, ma vedi, noi crediamo poco nel caso e molto nella statistica e così pensiamo che sarebbe utile incontrarci. Se per te va bene, potrei essere lì lunedì prossimo in tarda mattinata.

- Guarda, sinceramente non capisco la necessità di questo incontro e neppure l'urgenza, ma se lo ritieni opportuno, lunedì andrà benissimo.

Arrivò alle dodici e trenta e venne direttamente all'anagrafe.

- Salve, sono Riccardo Lanzafami, del comune di Cardeto.
- Ah, eccoti qua. Benvenuto. Accomodati. Tutto bene?
- Sì, sì, scusa il disturbo, sei impegnato o possiamo parlare?
- Vieni, ti faccio fare un rapido giro e poi andiamo a mangiare qualcosa e parliamo più tranquilli.
- Ben detto!

Perdemmo una mezzoretta e poco dopo le tredici ci sedemmo ai tavoli della trattoria vicino alla piazza. Ordinammo, facemmo qualche osservazione sui piatti tipici e sul vino della zona e poi entrammo decisamente in argomento.

- Ecco, avevo urgenza di vederti perché i nostri paesi sono a questo punto uniti nella diversità e non vorremmo che una qualche vostra iniziativa si rivelasse dannosa anche per noi.
- Scusa, ma non ti seguo. In che senso?
- Hai un cellulare? Mi chiese.
- Non con me.
- Bene, la volta scorsa al telefono ti ho detto che noi di Cardeto non crediamo nel caso, ma nella statistica e quindi, parlo a carte scoperte. Il nostro è un paese piccolo, piccolo e povero come solo nel profondo Sud può accadere. Non abbiamo molto e quel poco che lo Stato ci dà cerchiamo di non sprecarlo. Qualche anno fa abbiamo dovuto risolvere un paio di situazioni drammatiche per qualche compaesano e nel giro di poco tempo ci siamo trovati con un trend di

sopravvivenza maschile in crescita. Il Comune è piccolo e sono bastati pochi casi.

Fece una pausa per mangiare un paio di bocconi, io continuai a fissarlo, mi erano sembrate strane sia la sua venuta sia l'urgenza dell'incontro, pensavo ad una scocciatura e mai avrei immaginato di sentire quello che avevo sentito. Mi stava confessando che da loro avevano usato accorgimenti illeciti simili ai nostri.

- Buono sia l'agnello sia il vino, complimenti – continuò –. Tu ti starai chiedendo perché vengo qua a dirti i fatti nostri, cose riservate ed anche pericolose. Beh, quando il tipo dell'Istat ci ha detto che la nostra vecchia anomalia si era ripresentata, noi abbiamo subito capito il motivo e abbiamo pensato di suggerirvi come venirne fuori senza problemi. Forse ancora non ne capisci il perché ed allora sarò ancora più chiaro: se continuate ad alimentare l'anomalia, faranno sicuramente una verifica e lo stesso succederà se metterete le cose a posto troppo in fretta. Se dovesse partire la verifica e gli accertamenti rivelassero le cause, potrebbero pensare che anche nel nostro caso è successo qualcosa ed a quel punto verrebbero a verificare anche noi. Noi vorremmo scongiurare questa eventualità. Se non volete problemi e sempre che anche voi abbiate aggiustato qualche situazione, dovete agire con prudenza ed in linea statistica, cioè tornare intelligentemente alla normalità. Se ad esempio ci fossero dodici posizioni da sistemare, bisognerebbe farne rientrare due il prossimo anno, tre il secondo e il terzo anno e quattro l'ultimo. Il trend tornerebbe normale e scomparirebbe la "bolla" possibile, anche se non probabile. Per l'Istat la cosa andrebbe a posto. Se poi doveste avere qualche problema con i concittadini, potreste pensare a qualcos'altro.

- Per esempio? Chiesi ancora più esterrefatto di prima.

- Noi abbiamo un'evidenza di tutte le persone vedove, se hanno una pensione e a quanto ammonta. E abbiamo in evidenza anche gli stati di famiglia dei più poveri. Quando si può, facciamo maritare un pensionato con una persona anche molto più giovane, assicurandole una rendita per il resto della vita. Al pensionato non togliamo niente ed anzi oltre alla buona azione, gli diamo la soddisfazione di aver fottuto l'Inps di Roma.
- E l'Inps non se ne accorge?
- No, non hanno una statistica che controlli questi dati per cui a loro sfugge.
Prendemmo un caffè.
- Lascia pagare me, tanto sono in missione. Mi disse.
- Ma neanche per scherzo, sei a casa mia e ti devo veramente ringraziare per gli ottimi consigli che mi... ci hai dato. Gli dissi.

Ci lasciammo dopo poco con l'intesa di risentirci.
All'uscita dall'ufficio corsi subito da Mariolone e lo aggiornai.
- Per la miseria! Guarda i casi della vita e guarda che bisogna inventarsi per sopravvivere. Certo sposare un vecchio con una giovane per assicurale una dote è una grande pensata, ma è chiaro che il paese lo sa e collabora. Dovremmo studiarla bene, molto bene, nel frattempo inizia a tirare fuori dall'anagrafe un database con tutti i possibili destinatari di questa missione, poi vediamo.

www.ingramcontent.com/pod-product-compliance
Lightning Source LLC
Chambersburg PA
CBHW070502130626
46555CB00003B/1123